CLASSICS
— 中国书籍编译馆 —

哈代短篇小说集：
名门淑女

〔英〕托马斯·哈代——著

姜贵梅　崔永禄——译

中国书籍出版社
China Book Press

译者序

托马斯·哈代(1840—1928),英国十九世纪末最重要的小说家之一,二十世纪初最重要的诗人之一。哈代一生勤奋,创作了大量作品,其中包括十四部长篇小说,近五十部中短篇小说,以及近千首诗歌。哈代在继承维多利亚时代小说传统的基础上,以诗歌拓展了英国二十世纪的文学范畴。其作品横跨两个世纪,为世界文坛做出了突出贡献。

哈代大部分短篇小说都收录于四部短篇小说集中。其中,《名门淑女》收录了1878年至1890年之间的十篇作品,于1891年出版。哈代热衷于讲故事,他把讲故事的人比作塞缪尔·柯勒律治的《古舟子咏》中的年迈水手,他说:"只有具有独特魅力的短篇小说才能当作故事来讲,我们就像古代那善于讲故事的老水手,只有我们的故事格外引人入胜,才有可能让那些要赶去参加婚礼的嘉宾们驻足欣赏。"

《名门淑女》以强烈的浪漫主义和超自然主义风格,通过回忆的方式将民间故事和传说娓娓道来。哈代通过设定一个野外活动俱乐部成员因为天气原因无法外出活动而轮流讲故事的场景,将风格各异、内容丰富的各个故事串联起来,这些故事在情节上是相互独立并保持完整的,哈代通过听故事人的评论将前后故事关联在一起,形成环环相扣的整体框架,叙述结构上就如同意大利作家薄伽丘的《十日谈》一样。这些小说具有很强的故事性和可读性,深入刻画了女性的心理,描述了她们的命运,展现了她们独立的自我意识和丰富的思想见解,故事情节上继承了哈代作品惯有的浓厚的悲观主义和宿命论色彩的特点。

　　尽管《名门淑女》中的某些故事偶尔出现在翻译作品中,但是都非常零散,各翻译版本风格不一,同时由于缺乏整本译作而导致原作品巧妙的串联性整体性框架缺失,不能不说是读者们的遗憾。鉴于此,译者尝试整本翻译这部作品,希望将这部深刻而优美的作品完整地展现出来,带给读者不一样的阅读体验。

序

  我们郡名门望族的谱系都记载在郡县志的族谱图上。不过，细心点就能发现，大部分家族都子孙凋零，族谱如对数表一般简单明了。在这凋零背后，是日益衰落的传统，以及传宗接代的土壤的枯竭，稍有线索，就能梳理出一个个扣人心弦的故事。如果再细致地比较族谱上的重要日子，就会发现宗族是如何一步步变化的，例如，出生的日子，结婚的日子，葬礼的日子，一次婚姻、生辰或死亡，再一次类似的婚姻、生辰或死亡……这样的族谱摆在面前，一幅幅画面自然涌动，一个模糊的剧本框架油然而生。原本记录简略、晦涩难读的家族志中偶尔提到的某些时间、某件事和某些人物关系奇妙地被串联在一起，而唯有潜藏在这些背后的那不为人知的动机、热烈澎湃的情感以及人物性格的特征才有可能解读这一切。

  由盛而衰的谱系，谱志的点滴，再加上其他各种素材，让我终于构思并完成了这些故事。

在此，我还要在序言中，郑重地对在世的几位贵族夫人表达我的恭敬和感激之情。六七年前我首次将这些故事发表在杂志上的时候，细心的几位夫人很快就给我很多有趣的反馈，她们明察秋毫，已经发现这些故事似乎牵涉到她们自己的家族、宅邸或者过去。尽管我的故事有些完全是虚构的，而且并没有褒贬她们的祖先，但是她们却表现得通情达理，并未因此而恼怒驳斥，甚至她们还提供了自己家族史中流传的其他奇妙的故事，送给我当做《名门淑女》续集的素材。可惜的是，我恐怕很难将这些故事付诸笔端了，不过，我会一直记得这些故事，铭记各位夫人们的好意。

托马斯·哈代
1896年6月

目　录

译者序__001

序__003

第一部：晚餐之前的故事

故事一 / 韦塞克斯第一位伯爵夫人__003

故事二 / 格瑞布家的芭芭拉__059

故事三 / 斯通亨格侯爵夫人__104

故事四 / 墨提斯奉特夫人__124

第二部：晚餐之后的故事

故事五 / 艾森威夫人__149

故事六 / 乡绅帕特里克之妻__165

故事七 / 巴克斯比夫人——安娜__179

故事八 / 佩内洛普夫人__189

故事九 / 汉普顿公爵夫人__204

故事十 / 忠贞的劳拉__223

第一部：晚餐之前的故事

故事一

韦塞克斯第一位伯爵夫人

——郡志编写人讲述

讲故事人手拿稿子，边看边讲：

话说那无人不晓的京欣托克大别墅，从我们布莱克摩山谷望去，可真是居高临下，气势不凡。这天已到夜晚，天空晴朗，寒星闪烁，万籁俱寂。别墅一如既往，兀然矗立。时值冬日，第十八世纪前些日子业已走过三分之一的行程。别墅南、北、西三面底层的门窗都已关好，窗帘也已拉严，只有东面二层的一个窗户还敞开着。从窗户望去，可见一大约十一二岁的少女，凭窗而立。人们一眼就可以看出，她站在这里，显然不是在向外眺望，因为她一直用手蒙住眼睛。

少女所在的屋子是一个套房的里间，走进她的屋子要经过一间很大的卧室。此时整个别墅格外的安静,因而隔壁争吵的声音能听得清清楚楚。这些争吵声让她感到厌烦,因此她从小床上起来,走到窗边,把头探出窗外。

尽管她不愿意去听,但声音还是传到了她的耳朵里。听着这些话,她心里倍感痛苦。听得出,说话的男人是她的父亲,有一句话他已经重复了多次。

"你听着,我绝不赞成给她订婚,说什么也不行,她还只是个孩子。"

很清楚是在谈她的事。答话的是个女人,听得出那是她的母亲,声音很平静。

"算了吧你,放聪明点。他愿意等个五年六年的再结婚,这样条件的人,天底下再也找不到第二个。"

"绝对办不到。他都三十多了,这简直是作孽!"

"他才刚刚三十嘛,最好最合适了。和我们闺女真是绝妙的一对。"

"他很穷!"

"他父亲和哥哥们可是宫廷要人,他能那么随便地进出王宫,有几个人能比?加上咱们孩子那份丰厚的财产,将来的事谁能预料?他当个男爵也不是没有可能吧。"

"我看是你自己看上他们了吧?"

"你怎么能这样糟蹋我,托马斯!而且,你说我办法不好,可你自己不是也有个歪主意吗?你敢说没有?自己走的不正还说别人歪,真是荒谬透顶。在你住的福尔斯庄园那穷酸地方,你相中了一个,那是你什么狐朋狗友的儿子,一个十足的傻瓜!"

丈夫气得无法争辩,于是发出一连串诅咒。等缓过来一口气时,他说:"你盛气凌人,颐指气使,因为你是这儿的财产继承人。房子是你的,地是你的。不过我和你直说了吧,我所以到这里来凑合你而没把你娶过去,只不过是为了图个方便。我可不是要饭花子。我有自己的庄园,那里的林荫路比这里一点都不短。我的山毛榉树林比你的橡树林也毫不逊色。要不是你装腔作势地摆架子,我本来会在自己家中心满意足地过我的安静日子。我发誓要回去,一分钟也不多呆。如果不是因为贝蒂,我早就离开这里了。"

没有人再讲话,接着是开门和关门的声音。少女瞭望窗外。石子路面传来咯吱咯吱的响声,一个穿着灰色大衣的身影从家门走了出去。她认出那是她的父亲。她看着他拐到左面,沿房子东面的路走了一段,身影渐渐变小,转过墙角就再也看不到了。他一定是到马厩去了。

她关上窗户,蜷缩到床上,直到最后哭着睡着了。贝蒂是他们的独生女儿,妈妈对她的钟爱是无与伦比,爸爸的热切爱护更是难以附加。可刚才的场景她经过非只一次,每次都让她伤心难过,情绪低落。不过,她妈妈是否要让她和刚才说的那个人订婚,她倒是没有太往心里去,毕竟年纪太小

005

了，个人没有多少算计。

这位乡绅悻悻离家，宣称再也不回来，倒也是常事，但一般第二天早晨家里总会再次出现他的身影。但这次的情形看来却有点不太一样。第二天家里人告诉她说，父亲因有事情处理，一大早就和经纪人骑马赶回了福尔斯庄园，恐怕要过些日子才能回来。

福尔斯庄园距京欣托克宅邸有20多英里，与之相较，只不过是一片不显眼的田产上一座小小的院落。然而这位道耐尔庄主在这个二月的早晨返回故居的时候，才发现当初离开它是多么愚蠢，即使是为了韦塞克斯最富有的女人也不值得。庄园是查理一世时期的典型建筑，帕拉第奥式的前脸，风格匀称，而且从中透出一种尊严，即使他妻子那结构庞杂的宅邸也不能与之相比。不过，此时这位脸色红润的乡绅颓唐地坐在马上，忧郁的心情因浓密的树影而更加沉重。他心爱的孩子贝蒂是一切麻烦的根源。在妻子身边，他心情不爽；要是离开女儿，他又若有所失。他进退维谷，无以为计。于是他沉溺杯盘，终日迷迷糊糊，被人称为"三瓶酒醉汉"。他妻子觉得他越来越上不得台面，羞于让他会见她城里文质彬彬的客人。

庄园两三个老仆人出来迎接他。他们看管着这座冷冷清清的房子，其中只有几间屋子收拾得可以住人，供他和他的朋友们打猎时居住。他忠实的仆人图普寇姆上午从京欣托克过来看他，这让他还感到痛快一点。但形单影孤地过了两天之后，他就开始意识到回到庄园来是失了一着棋。他妻子要把贝蒂许配给一个连面都没见过的人，自己一怒之下离开京欣托克，就失去了阻止她的机会。他应该盯在那儿不走，阻止这桩令人厌恶的交易，免得女儿深受其害。他现在朦胧地意识到，贝蒂将来要继承这么一大笔财产，未必就是一件幸事。她会成为国内所有冒险家追求的目标。要是她只继承福尔斯庄园这点微薄的财产就好了，那样她获得幸福的机会肯定会大多了。

的确，他暗暗地为他可爱的女儿找了一个意中人，这一点他妻子没有猜错。那是一位已辞世的故友的儿子，家住在两英里远的地方，小伙子比贝蒂只大三岁。在他看来这是最合适不过的佳选，是世界上唯一能使他女儿获得幸福的人。可他不会像他妻子那样，匆忙草率地把这一想法透露给他们，过几年再提也为时不晚。这对年轻人已经见过面，而且他似乎觉得小伙子对他女儿一往情深，看来前景不错。他真想把这对年轻人叫到福尔斯庄园来，为他们了却终身大事，从而挫败妻子的计划，使她不能乱点鸳鸯谱。按当时的风俗，女儿已经到了结婚的年龄，不过毕竟岁数太小，很难说懂得什么是爱情。可小伙子已经十五岁，而且对姑娘流露出了脉脉深情。

贝蒂在京欣托克，他虽然也能管得着，可没法脱离她妈妈的控制，要是把她叫来在福尔斯庄园住上几天那就好了，那时完全可以自己说了算。可是怎样才能做到这一点呢？硬拉过来显然不是办法。看来也只能等他妻子像从前那样，为了照顾面子，同意贝蒂来这里住上一天。那时再想办法把贝蒂多留几天，拖到她妈妈看中的求婚者瑞纳德出国，而根据安排，这就是下周的事。道耐尔庄主下定决心要回到京欣托克试一试自己的计划。万一遭到拒绝，他心里甚至有一种想法，即不顾一切抱起贝蒂，把她带回来就是。

回去的打算尽管有些茫然和想入非非，可一踏上返回京欣托克的路程，心里就轻松多了。他会见到贝蒂，和她说会话儿，计划到底会怎样，到时再说。

道耐尔骑马走在福尔斯庄园外平坦的道路上，四周是山岭和艾维尔镇山林。马儿一路小跑，穿过这片地区，进入通往京欣托克的大路。过了村民居住区，就到了林区一英里长的车道，这条车道通向妻子的宅邸。车道开阔，两旁没有遮荫的树林，道耐尔很远就可以看到宅邸北面的房间和院门，从宅邸这一面的窗户也能看到道耐尔的身影。因此他希望贝蒂能看到他的到来，到门口迎接他或向他挥舞手绢，就像他过去每次外出归来那样。

这次却没有迹象。他下了马，立刻要人把他妻子请来。

"太太不在家，有人请她去了伦敦，老爷。"

"贝蒂小姐呢？"

"也走了,老爷。说是要换换环境。太太给你留下一封信。"

这封简单的信未做任何解释,只是说去伦敦办点个人的事,把贝蒂也带着让她玩上几天。信封上有贝蒂写的几个字,和她妈妈说的一样,显然她因有机会出去游玩而兴高采烈。道耐尔含混不清地低声诅咒了几句,心中陷入一片失望。他妻子没有说要在伦敦城里呆多长时间;不过问了一下仆人,了解到马车上装载的东西,足够两周羁留之用。

这样京欣托克就变得像福尔斯庄园一样,冷清而阴郁。最近他对打猎失去了热情,适合打猎的整整一个季节,猎狐会他一次也没参加。他一遍又一遍地阅读贝蒂潦潦草草的字,又把她写的其他短信和条子之类的东西搜寻出来阅读,这似乎是他现在唯一的乐趣了。几天后他接到道耐尔夫人写来的一封信,知道她们确实在伦敦,她还在信中解释说,希望一周之内就会回去,并说她不知道他会这么快就回到京欣托克。否则不会不和他说一声就离开。

道耐尔心里琢磨,不知他妻子是否打算在前往伦敦或回来的路上要去看望瑞纳德,因为她们途经梅尔切斯特,而瑞纳德的家就在附近。她很可能这么做,以便进一步落实自己的计划。可要是那样的话,道耐尔就要全盘皆输了。想到这一点他心中充满烦恼。

他不知道这种日子该怎么打发才好。突然有一天他想到,若要排解自己心头的苦闷,不妨请些朋友来吃上一顿,也好以酒浇愁。说办就办，毫不疑迟。请的人多是邻居，大多地位不如自己，还有猎狐俱乐部的成员，以及从艾佛舍德镇来的医生，诸如此类——其中一些人不务正业，游手好闲，要是他妻子在家是绝不会请这些人的。"猫儿不在，耗子——"道耐尔说。

他们一个接着一个来了，看那摆出的架势不喝个通宵达旦决不罢休。舍顿堡的巴克斯比来得最晚，大家等了他一刻钟的时间。他是道耐尔朋友中最为活跃的一个，他不出席，这样的宴会就算不得完美，而且还可以说，凡有绅士淑女出席的宴会，只要有他出现，就不可能严格地循规蹈矩。道耐尔心里渴望和他谈一谈——具体什么原因倒也不很明确，不过他最近向巴克斯比透露了有关贝蒂的情况。

人们终于听到巴克斯比的马车到达门口的声音。主人和客人一起走向餐厅，巴克斯比也跟在大家后面走了进去，不停地因迟到而向众人道歉。

"不过，我是昨天夜里才回到家的，"他说，"而且老实讲，我尽可能地多带了一些东西。"他转向道耐尔说，"我说，道耐尔，终究还是让狡猾的瑞纳德偷走了你的小羔羊呀。哈哈！"

"你说什么？"道耐尔从餐桌对面说，他一脸茫然。大家都围着桌子站着，三月带着寒意的阳光照在道耐尔刮得很干净的脸上。

"全城里的人都知道的事,您老人家不会不知道吧?——到这时候你一定接到信了吧?——关于斯蒂芬·瑞纳德已经和你女儿贝蒂结婚的信。我以我这个大活人担保,此事千真万确。事情经过精心安排,仪式一结束俩人马上分开,此后五六年不能见面。哎呀,上帝,这事你一定知道!"

只听"咕咚"的一声,道耐尔重重地砸在地板上,这是他唯一的回答。大家都转过身子去看。道耐尔像根木头一样摔倒在桌子后面,一动不动地躺在橡木地板上。

他身边的人赶紧弯下腰去,整个屋子一片混乱。大家发现他人事不省,只是像铁匠的风箱那样大口大口地喘着粗气。他脸色铁青,青筋暴涨,额上渗出大滴大滴的汗珠。

"他怎么样?"有几个人问。

"中风了!"从艾佛舍德来的医生心情很沉重地说。

平时请他到京欣托克来,不过是看些头疼脑热的小毛病。这次却不同寻常,情形严重。他垫高了道耐尔的头部,解开他的领带和衣扣,又按铃唤来仆人,仆人们把道耐尔抬到楼上卧室。

他躺在那里,像用过麻醉剂一样昏迷不醒。医生给他放了一小盆子的血,直等到晚上六点他才恢复知觉。宴会算是整个被搅黄了,有些人早已离开,有两三个人留了下来。

"天哪,"巴克斯比一遍又一遍地说,"我真不知道道耐尔和他夫人竟然闹到了这样的地步!原以为今天的宴会是为了庆祝这件事呢。过去不让我们知道原想只是为了保密。谁知道小姑娘结婚的事他竟然蒙在鼓里。"

道耐尔一醒过来就喘着气叫喊:"这是拐骗!他犯下杀头的罪!要把他绞死!巴克斯比在哪儿?快告诉我你听到的情况。"

听到这意外事件的人不愿意再次把道耐尔惹得激动,所以一开始几乎没讲什么情况。一个小时之后,道耐尔已经缓过口气并且已经坐了起来,巴克斯比才把他知道的情况全盘托出。其中最重要的情况是贝蒂举行婚礼时她母亲在场。看起来她对这场婚事完全同意。"一切看上去都非常正常,所以我想当然地认为这事你是知道的。"他说。

"他们竟然打算走这样一步,我像地下死人一样,一无所知。一个才刚满十三岁的孩子!苏伊可是干得真漂亮,胜我千倍。瑞纳德和她们一起去了伦敦?"

"这我倒也说不清楚。我知道的是,你太太和女儿走在大街上,后面跟着仆人。她们走进了一家珠宝店,瑞纳德就站在里面。当着店主和特意叫来的仆人的面,你的贝蒂小姐对瑞纳德说——人们是这么传的,我真的不敢保证这是真的——她说:'你愿意娶我吗?'或者是'我愿意嫁给你,你愿意我做你的妻子吗,现在到永远?'她说。"

"这些都不是她心里话,"道耐尔咕哝着说,眼里流下了泪水,"这些都是她妈妈叫她说的,好不让别人疑心,我怀疑她是被强迫的,那会有严重的后果。这不是孩子的话——她没想要结婚——这怎么可能呢,可怜的孩子。你接着讲。"

"嗯,情况可能如此,不过当时他们看起来可都是赞同这件事。他们当场买下戒指,半个小时之后,到附近一家教堂举行了婚礼。"

过了一两天,道耐尔夫人来了一封信,写信时还不知道丈夫患了中风。信中以非常亲切温和的口气叙述了结婚的情况,对这场提早的婚姻给出了充分的理由和借口,不过现在木已成舟。她事先并未想到婚约会这么快付诸实施,可她突然感受到压力,猝不及防,只得同意,因为她获悉瑞纳德——现在是他们的女婿了——受到宫廷重视,很快就可能受封爵位,成为贵族。他们的宝贝女儿年幼缔结婚约其实也并没有什么不好,她还会像从前那样在他们眼皮底下生活上几年。整个来看,有机会与一个宫廷达人联姻,这可真是千载难逢的机会,而且他又是那么精明能干、通达实务、品德高尚,他们在京欣托克过着乡巴佬式的生活,不可能再有其他奢想。因此她答应了瑞纳德的婚姻请求,希望丈夫能原谅她。总之,从信中看出她就是这样一种女人,只要万事遂了她的心愿,随之她的言行也会相应有些退让。

道耐尔对这一切都信以为真,或者稍微有点折扣。因为情绪冲动会对他有致命危险,所以他竭力控制自己不安的情绪，终日悲伤地在院子里走来走去，与以前真是判若两人。突然病倒的事，他尽量瞒住妻子，他为自己心里不能承受事情而感到羞愧，而且毫无疑问，妻子对城市生活一往情深，肯定会以此为把柄对其加以嘲笑。但是他突然病倒的消息还是传到了她的耳朵里，而且她捎话说就要回来看护他。他听到这就收拾行装，回到自己的福尔斯庄园了。

他在家里过了一段隐士般的生活。身体仍为疾病所困扰，无力招待客人或骑马打猎。更重要的是，这里无论生人和熟人都知道了他妻子欺骗他的阴谋诡计，他讨厌见到他们，宁愿与世隔绝。

无论发生什么都不能让他指责贝蒂。他永远都不相信贝蒂会自愿参与此事。由于担心贝蒂，他派忠实的仆人塔普寇姆到京欣托克附近的艾佛头村去打探情况，要他计算好时间，在天黑时到达，以免被人认出。于是这位特使脱掉仆人服装，悄悄进入村里的索得肯餐馆，在烟囱旁的座位坐了下来。

餐馆里的人都在谈论这起轰动一时的事件——贝蒂最近的婚礼。仆人一边吸着烟，一边侧耳倾听，他听人们谈到道耐尔夫人和贝蒂已经在一两天前回到京欣托克，瑞纳德已前往欧洲大陆，贝蒂也已回到学校读书。人们说她没有意识到自己已成了瑞纳德的小妻子，虽然一开始结婚仪式让她有点惊恐，可后来发现自己的自由并未受到限制，情绪很快就恢复如初。

此后道耐尔和妻子就开始了互通信息,原先飞扬跋扈的妻子现在一改以往的做法,变得令人惊奇的随和迁就。但这位心中充满怒气的憨直丈夫却一直摆着架子,不搭不理。她希望和解,希望丈夫能谅解她的小把戏,有时心里也涌起真心的怜爱,渴望抚平丈夫心中的忧伤。这种愿望终于有一天就把她带到了福尔斯庄园的门口。

那晚吵架之后,她去了伦敦。他又随后病倒,所以这段时间俩人一直没有见面。这次见到他,他变化之大,令她大吃一惊。他面部麻木毫无表情,活像一个木偶。更使她担心的是,他成天把自己关在屋里,沉溺于烟酒刺激,完全置医生的劝告于不顾。显然不能让他再这样恣意放纵地生活下去了。

她安慰他,请求他原谅,好言好语地哄劝他。见面过后,虽然他们的关系不再像从前那样冷漠,但仍是分多合少,只是偶尔见上一面,道耐尔大部分时间都呆在自己的福尔斯庄园。

这样的时光一过就是四年。一天她来看他,心情很轻松,愉快地说贝蒂的学校生活已经结束,回到了家里,看到父亲不在,她心里很悲伤。女儿带来一个便条,说"要爸爸回家来看他亲爱的贝蒂"。

"这么说,她很不快活。"道耐尔说。

妻子沉默不语。

"都是那桩倒霉的婚事闹的!"道耐尔接着说。

妻子也不与之争辩,只是轻轻地说了一句:"她就在外面的马车里。"

"什么——你是说贝蒂?"

"是的。"

"你为什么刚才不告诉我?"他冲出门去,女儿正在车里等候爸爸来原谅自己,因为她认为,自己也像妈妈一样惹得爸爸生了气。

贝蒂的确已从学校归来,回到了京欣托克。她就要十七岁了,出落得俨然一个少女。而且尽管经历了前几年的婚事,她看上去仍然还是一个未出嫁的小姐。对那场婚事她似乎已完全忘怀。对她来说,那就像一场梦一样:那清冷的三月的天气,伦敦的教堂,绿绒布面的华丽长椅,还有教堂西厢那高大的风琴——京欣托克矮树丛中的小教堂无法与之比拟;那个三十岁的男人,她抬起头,惊惧地看到,他相貌丑陋、可怕;当时虽然也和这个人礼貌地交谈,但后来就再也没有见过面;现在对他的印象已经十分淡漠,如果有人说他死了,再也见不到他了,她或许只会说,"唉,这可真是!"贝蒂青春的激情仍未唤醒。

"贵丈夫近来可有音信?"道耐尔走进门时有点嘲讽地笑着说,语调充满对女儿的钟爱,这问题自然不需要回答。

女儿皱起了眉头,道耐尔注意到妻子恳求的目光。他们谈话中有些迹象表明，道耐尔可能会发泄胸中的闷气，使业已无法改变的状况更加糟糕。于是道耐尔夫人要贝蒂离开房间，她要和丈夫单独谈谈。贝蒂很顺从地离开了。

道耐尔的责备又起："你难道没看见她多么害怕听到他的名字？"他接着说，"你没看见，我看见了。上帝啊！我那可怜的不幸的女儿将来会陷入什么境地！我告诉你，苏伊，从道义上讲，那根本就不是一场婚姻。如果处在那样地位的女人是我，我就不会认为那是一场婚姻。现在她可以毫无愧感地爱上她心爱的人，就像没有任何禁忌阻止她一样。我心里就是这样想的，只能一吐为快。苏伊，我看中的人是最好的，他对她本来是最合适的。"

"我不相信！"她怀疑地说。

"你看见他就信了。他现在长成了个棒小伙子，相信我。"

"嘘——小声点！"她说着一边站了起来，走向另一间屋子的门，女儿刚才就走到了那间屋子里。令她吃惊的是，她看见贝蒂愣愣地坐在那里，两只眼睛睁圆了盯着前方出神，甚至母亲来到身边也未觉察。刚才他们的话她听得清清楚楚，一字不落，正消化听到的信息。

她母亲认为，既然道耐尔这样说话而且不讲道理，那么福尔斯庄园对一个思想未定型易受他人影响的女孩子，特别是贝蒂，就是一个危险的地方。她于是把贝蒂叫过来一起离开。道耐尔不愿明确答应回到京欣托克并在那里长期住下去。

但像过去一样,因为贝蒂在那里,他同意很快就做一次探访。

回家的路上,贝蒂一直心事重重,一语不发。母亲非常明白。道耐尔不负责任的胡言乱语对女孩起着一种唤起青春萌动的作用。

道耐尔说要看她们,很快就付诸实施,而且快得出人意料。他到达时是中午12时,仍然像以往一样,赶着那漂亮的两轮敞篷马车,黄车厢,红轮子,由两匹栗色的马拉着,老仆人图普寇姆跟在后面。道耐尔旁边坐着一位年轻人。他们走进来时道耐尔介绍说,这是他榆林镇的朋友,叫菲利普森,这可真使道耐尔夫人大惊失色。

道耐尔走到站在后面的女儿身边,非常亲切地给了她一个吻,对她小声地说:"咱们做点事,要让你母亲良心受到谴责。假装你对菲利普森一见钟情,你老爸为你选中的人,你本来会爱上他的,而且比你妈妈强加给你的那个人,要喜欢得多得多。"

想法单纯的讲话人晚饭时看到,女儿含情脉脉地对直率冲动的菲利普森偷看了几眼,认为这完全是遵照他的吩咐,并且当看到他以为的玩笑是如何打破了女主人心里的宁静的时候,他狡诈地笑了。"现在苏伊知道自己做错了吧。"他暗自说。

道耐尔夫人大吃一惊。一有空和道耐尔单独讲话,就开始指责他。"你真不该把他带到这里来,托马斯。这事你真是欠考虑。天哪，你难道不知道覆水难收？你这样瞎胡闹会给他们夫妻之间的幸福带来多大的损害？在你没有插手并让她听到有关菲利普森的谈话之前，她像一只小羔羊一样安详，真心幸福地等待瑞纳德的到来。她从福尔斯庄园回来之后，就令人莫名其妙地沉默寡言，心事重重。你还要把事情弄成什么样子？这样下去可怎么收场？"

"那你就承认我挑选的小伙子对她来说是最合适的。我把他带到这里不过是为了要你信服罢了。"

"好吧，好吧，我信服了。但是你还是马上把他带走吧。别让他再呆在这里。我怕她现在已经被他弄得神魂颠倒了。"

"别胡扯，苏伊，这只不过是我逗逗你的小把戏。"

但是母亲的眼光不像父亲那样容易欺骗，而且如果贝蒂那天真是在玩什么一见倾心的小把戏，那么可以说她演得完美无缺，像莎翁戏剧里的罗莎琳，就连最专业的人也不认为这是在演戏。道耐尔庄主旗开得胜，自然不反对把漂亮的小伙子带走，于是当天下午就踏上归途。

不声不响地骑马跟在后面的仆人对当天的事情也像道耐尔庄主一样异常关切。健壮的仆人图寇姆注视着庄主和菲利普森的后背，想到小伙子对贝蒂有多么合适，想到近两三年来庄主的状况大不如前。他诅咒他的女主人，主人的不幸都是因她而起。

这次难忘的会见是为了证实他的观点，此后的十二个月里这对夫妻之间倒也平静如水。道耐尔多数时间呆在福尔斯庄园,贝蒂则时不时地来往于二人之间,有一两次到了午夜之后才离开父亲的家,这令她母亲有些担忧。

一个特别送信人的到来打破了京欣托克的平静。庄主道耐尔得了痛风,而且很严重。他希望能再见到贝蒂:为什么这么长时间她不来看我?

道耐尔夫人非常不希望女儿到那边去,但女儿却渴望前往,近来她整个心思似乎都在福尔斯庄园及其临近地区,所以没有办法不让她陪母亲一起去。

道耐尔庄主正焦急地等待她的到来。她们看到他病情严重而且情绪急躁不安。通常他都是用强力药物克服病痛,这次却没什么效果。

女儿的出现一般会使他平静下来,尽管也会使他悲伤:因为他永远不会忘记她在决定自己命运的时刻竟然违背了他的意志,不过她暗中安慰他说,要是当时是现在这个年岁,她是绝不会同意的。

像前几次一样,妻子想和他单独谈谈女儿的未来,因为瑞纳德很快就要来把她带走。瑞纳德早有此意,但因为年轻女人自己的恳切请求,而且她父母也说她还太年轻,因此才迟迟未果。瑞纳德遵从了他们的意见,同意在她年满十八岁之前未经各方同意不得前去看她。但这已经不能再继续下去,他来信说很快要把她接走，征询他们是否同意。

为了不让贝蒂听到这场微妙谈话的内容，他们把她打发到楼下的房间，不过他们很快就看到她走进灌木丛中，身穿飘逸的绿色长裙，头戴宽沿女帽，上面斜插羽毛，姿态婀娜，娇楚动人。

回到刚才的话题，道耐尔夫人发现丈夫无论如何都不愿意给瑞纳德的请求一个肯定的答复。

"她再过三个月才满18岁，"他大声坚持说，"现在为时太早。我坚决不同意。他现在不能把她接走，即使动用武力也要把他拒之门外。"

"但是亲爱的托马斯，"她耐心解释道，"想一想吧，假如我们俩不论谁有点好歹的话，那时他们已经安顿好了自己的家，那该会多好啊。"

"我说为时太早，"他争辩说，额上青筋暴突，"只要他越过坎德玛斯来接她，我就要对他不客气，我发誓说到做到。我过两三天就会到京欣托克去，天天看着她，日夜不离。"

她不愿再刺激他，终于让步，保证按他的要求办事，如果在他回京欣托克前收到瑞纳德来信要和贝蒂会面，她会把信交到丈夫手里，由他决定。两个人私下的讨论就到此为止，随后道耐尔夫人就离开去找贝蒂，希望她没有听到父亲的吵闹声。

这次她自然没听到她父亲的讲话。道耐尔夫人沿着她看见贝蒂走过的路向前走,但走了许久却仍未见到贝蒂的身影。道耐尔夫人后来走上草地,抄近路走到住宅的另一侧,突然她吃惊地发现她寻找的对象正坐在一棵杉树的横枝上,一个小伙子紧挨着她坐着,胳膊搂住她的腰。他稍微动了一下,她看清了这个人就是菲利普森。

天哪,她是对的。所谓的假装一见钟情其实就是真的。此刻道耐尔夫人如何在心里诅咒她的丈夫,恨他愚蠢地别出心裁把两个年轻人扯在一起,也就不必再说了。她立刻决定不让这对恋人知道她看到了他们。因此她退了回来,沿另一条路回到房子的前面,然后从窗户里大声向外喊叫:"贝蒂!"

自从有心计地安排女儿的婚事以来,苏伊·道耐尔第一次怀疑自己的做法是否明智。她丈夫的反对似乎得到天助,开始是不关痛痒,现在看来却很有成效。她看到了未来麻烦的阴影。为什么他偏要干预?为什么坚持把他自己中意的人拉扯进来?只要贝蒂丈夫回来的事一谈起,贝蒂就要推迟与其会面,现在全清楚了;她一到福尔斯庄园就流连忘返的原因现在也全清楚了。而且刚才目睹的这场约会很可能也是通过信件事先安排好的。

如果她父亲没有向她的小脑瓜里灌输对之前婚事的反感,说这是在她还不明白自己意愿的情况下强加给她的,或许她永远不会走入迷途,那样在约定好的那一天,她就会张开双臂扑入丈夫的怀抱。

最终贝蒂响应了母亲的呼喊从远处走了回来,脸色苍白但装作什么人都没有遇到一样。看到自己亲自培育起来的女儿如此表演做戏,道耐尔夫人心里感到悲痛。就是这个单纯的孩子,为了把她培养成端庄的女性,他们充满爱心地等待,可现在却人小心大狡诈轻浮,不仅有了情人,而且掩盖巧妙不逊于世界上任何一个女人!道耐尔太太沉痛地悔恨,她应该在斯蒂芬·瑞纳德一提出建议时就让他把贝蒂接走。

回往京欣托克的路上,她们虽坐在一起,但相互间几乎没有什么交谈,偶尔有一两句话也是贝蒂讲的,而且样子很拘谨,表明她心里装着其他的事情。

道耐尔夫人作为一个母亲实在是太精明了,她不会对贝蒂进行公开的指责。因为她知道那只会火上浇油。在她看来,切实可行的办法就是对这个背叛的女儿严加看管,直到她丈夫前来把她从母亲手中接走。她现在从内心里希望,他能不顾道耐尔的反对尽快前来完成此事。

事情似乎非常凑巧,就在他们到达京欣托克的时候,一封瑞纳德发来的信就交到了道耐尔夫人的手上。信是写给她和她丈夫的,非常礼貌地告诉他们,他已在布里斯托尔下船,计划几天之后就到京欣托克,与他亲爱的贝蒂相见并接走她,前提是,如果她父母不持反对意见的话。

贝蒂也收到一封内容相同的信。她母亲一看她脸上的表情就知道她是怎么想的。她脸色惨白,如同一张白纸。

"这次你必须以最好的方式来欢迎他,我亲爱的贝蒂。"她母亲温和地说。

"可是——可是——我——"

"你现在已经是一个结婚的女人,"她母亲接着严厉地说,"不能再像过去那样一拖再拖了。"

"可是,父亲——嗯,我肯定他不允许这样做。我还没准备好。我希望他再等上一年——哪怕再等几个月也好!噢,我多希望亲爱的父亲在这儿!我马上给他送信去。"她突然失去控制,抱住妈妈的脖子,大哭起来。"啊,妈妈,可怜可怜我吧——我不爱这个男人,我的丈夫!"

这充满痛苦的恳求直接撞击着道耐尔夫人的心灵,使她无法不受感动。然而事情已经到了这样的地步,她能够怎么办?她心烦意乱,有一阵子还站到了贝蒂一边。她原来的想法是给瑞纳德一个肯定的回答,同意他到京欣托克来,同时整个事情对丈夫保密,等到过些日子他病情康复从福尔斯庄园过来,却发现事情已成定局,瑞纳德与贝蒂已经琴瑟和谐,生活在一起了。但这天事情的进展,特别是女儿感情突然爆发,推翻了她的全盘打算。贝蒂威胁的事肯定会做,她马上就会和她父亲联系,甚至会试图跑到他身边去。再说,瑞纳德的信是写给她和道耐尔两个人的,因此从良心上讲,这事她也不能不让她丈夫知道。

"我立刻就把信给你父亲送去,"她一边安慰着贝蒂一边说,"他将完全按照他自己的意志行事,而你知道他的选择是不会违背你的希望的。他会宠坏你,而不会阻止你。我只希望他身体恢复得不错,能够经得起这一消息的冲击。这你赞成吧?"

可怜的贝蒂同意了,但她要亲眼看到信件送出。她母亲对此未表示反对;但骑马送信的人沿马车道跑向公路时,她对贝蒂的倔强做法的同情就开始消失了。女儿和菲利普森之间的隐秘爱情不能得到宽恕。贝蒂会与他联系,甚至会去找他。这会有毁灭的危险。必须迅速地把瑞纳德安置到贝蒂身边,那才是他适合的位置。

她坐下来给瑞纳德写了一封私人信件,说明了自己的计划。

"现在我必须告诉你,"她在信中写道,"我此前从未提及——可能我只是暗示出了相反的意思——即她父亲反对你前来与之团聚的意见尚未放弃。我本人希望不再给你造成耽搁——为女儿的福祺着想,我也像你一样,热心渴望着你的到来——因此我唯一的办法就是在我丈夫不知情的情况下协助你成就此事。我很难过地告诉你,我丈夫现患病,在福尔斯庄园养息,但我觉得有义务把你的信递交给他。因此他很可能会给你回复,霸道地命令你返回,停留数月,直至他最初规定的时间终止。我的意见是将其置之不顾,而是如你所提直接来到这里。告知我你到达的具体时间（如有可能，最好天黑之后）。亲爱的贝蒂现在和我在一起，我保证你到达时她会呆在家中。"

道耐尔夫人悄悄把信送走之后，下一步就是防止女儿离开宅邸，而且尽量不要引起她的怀疑，让她觉得是在受到约束。但似乎是天意，贝蒂从她母亲面部表情看出了她丈夫要到来的信息。

"他要来了？"女儿问。

"一周之内不会。"母亲向她保证说。

"一周之后，肯定会来？"

"嗯，是的。"

贝蒂匆忙地退回到自己的房间，然后就拒绝见人。

把她锁在屋里，等她丈夫到了厅里就把钥匙交给他，这真是个简单可行的美妙主意，直到她母亲轻轻地试了试贝蒂屋门的把手才发现情况并非如此：贝蒂已经把屋门从里面锁上，上了插销，并且放出话说以后就在屋里吃饭，饭送上来放在门外的升降架上就行。

道耐尔夫人于是在自己的房间悄无声响地坐了下来。这个包括她的卧室的套间是通往贝蒂房间的必由之路。她决定昼夜不离，早、中、晚三餐，吃住就都在这里，直到女儿的丈夫出现为止。贝蒂的屋子，除了通向这个屋子的门之外，就只还有一个门通向小梳妆间，而梳妆间再不能通向别处，因此即使贝蒂想逃走，要躲过她母亲的视线是不可能的。

但是很明显，女儿并不想逃走。她的想法是固守城池，下决心应对围困，绝不逃脱。这种情况倒也无论如何使她不会出什么问题。至于瑞纳德在这样抵制的气氛下，如何设法与她那看起来羞羞答答的女儿会面，她做母亲的认为，那就要看他有没有能力找出什么办法了。

贝蒂听到母亲宣布她丈夫即将到来，马上情绪激动，脸色苍白，这倒使道耐尔夫人很有一些不安，不敢离开女儿让她独处。过了一个钟点她通过锁孔向里看去，只见贝蒂躺在沙发上，无精打采地瞪着天花板出神。

"你看上去脸色不太好，"她母亲说，"有段时间没有呼吸新鲜空气了。咱们坐车出去兜兜风吧。"

贝蒂没有反对。她们很快就驾车穿过园林，奔向乡村，贝蒂还是刚才的样子，绷着脸，一言不发。她们离开园林到了另一条路上，路两旁很开阔，她们的马车经过路旁一座小房子。

贝蒂向小房子的窗户望去，看见里面有一个女孩，年龄与她相仿，坐在椅子里，身子倚着一个枕头。她一眼就认出女孩是谁。女孩脸上满是鳞状疤痕，阳光一照还闪出点点亮光。她是天花病人，正在康复。当时天花这种病作为疫病流行，令人闻之色变，那时的情形现在已很难想象。

贝蒂突然想到一个主意,原本木然的面孔一下放出光彩。她看看母亲,道耐尔夫人正看向相反的方向。贝蒂说想回过头去,到那小房子那儿去一会儿,她喜欢那个女孩,想和她说说话。道耐尔夫人很怀疑贝蒂到底要干什么,但她看到房子没有后门,贝蒂要逃走就能看见,于是就让马车停了下来。贝蒂跑回去进入小房子,但没过一分钟就从房子里出来,上了马车,回到原来的座位上。车向前走的时候她盯着妈妈说:"终于,我把事情办成了!"她脸上表情激动,眼睛里饱含泪水。

"你把什么办成了?"道耐尔夫人问。

"安妮·普里德尔得了天花,我从窗户看见她,我走进去亲了她,是为了受到传染。现在我要得病了,这下他可不能走近我啦!"

"你这心可真是坏透了!"母亲叫喊道。"天哪,我可怎么办啊!——不喜欢自己嫁的男人,就惹火烧身让自己得一场疫病,这是剥夺了上帝赋予的神圣权利!"

这位惊慌的女人立即命令把马车尽快赶回家去。回到家时,贝蒂也有点被自己的反常行为吓呆了。她被放进浴缸,用蒸汽熏蒸,采取可以想到的一切办法来祛除她一冲动之下就想患上的疾病。

现在有双重理由把这个叛逆的女儿和妻子隔离在她自己的房间,于是这天剩余的时间和随后的日子里,她都一直呆在自己的屋子里，直到她蓄意的行为好像不会产生什么不良的后果为止。

与此同时，瑞纳德致道耐尔夫人和她丈夫，告诉他们数日后到达的第一封信已快速送往福尔斯庄园。这封信秘密地交给忠实的仆人图普寇姆，指示他说等他主人睡上一个好觉精神好的时候再把信交给他看。老仆人执行这一任务很不情愿，这样递交过来的信件经常会使庄主心境不佳。但考虑到扣住消息不发比揭示消息最终会产生更加严重的后果，于是做出决定，第二天一早就把信函交了上去。

道耐尔夫人曾经预料，这封信会引起的效果，就是道耐尔会霸道地命令瑞纳德再等上几个月。但庄主的反应却是，他要亲自到布里斯托尔，和瑞纳德当面锣对面鼓，把事情谈个明明白白。

"但，老爷，"图普寇姆说，"您不能去。您必须卧床休息。"

"你给我从这里出去，图普寇姆，不要在我面前说'不能'。一个小时之内把马车准备好。"

这位久经考验的图普寇姆看到主人如此神情无助，认为他有些忧虑失常，只好不情愿地走了出去。仆人一走，道耐尔就很困难地把身子探到床边的一个柜子，打开锁，取出一个小药瓶。瓶子里装的是治疗痛风的偏方药，但给他看病的大夫不止一次地告诫他不要服用这种药品，他现在却把大夫的劝告当成了耳旁风。

他服用了双倍的剂量,等了半个小时,似乎没有产生效果。然后他取出第三份剂量,吞服下去,倚在枕头上等待。他等待的奇迹最终出现了。似乎第二次服药不仅发挥了本身的药力,而且连第一次服药的潜在力量也发挥了出来。他把药瓶放起来,按铃叫图普寇姆前来。

过了不到一个小时,非常清楚道耐尔病情严重情况的女仆十分吃惊地听到道耐尔房间里传来响亮有力的脚步声,同时还伴有哼着小曲的声音。她清楚这天早晨大夫并未来访,而且脚步太重,不像是贴身男仆或其他男仆人。抬头一看,只见庄主道耐尔穿戴整齐,身着褐色骑装,足登马靴,正向她走来,步履轻快,大有年轻时的风采。她脸上呈现出一片惊异的表情。

"看什么看,"庄主说,"没见过一个男人从自己房子里走出来呀,小娘儿们?"

他继续哼着小曲——曲调有些不屑的味道——走向书房。按铃问马车备好了没有,叫他们赶过来。十分钟后,他乘马车向布里斯托尔赶去,图普寇姆跟在后面,心中充满疑惧,怕会有什么事情发生。

他们赶车走上空气清新的高地,沿单调笔直的道路不紧不慢地向前走着。前行了大约十五英里时,图普寇姆发现道耐尔出现疲劳的迹象——要是十年前他走三倍的路程才会这样疲劳。不过一路上他们倒是没出什么问题。顺利抵达布里斯托尔,并在道耐尔通常去的那家旅店入住。几乎刚一住下,道耐尔就步行前往瑞纳德信中提到的下榻旅店,这时已经是下午四点钟了。

瑞纳德已用过正餐——那时人们吃饭的时间比现在要早——正呆在房间内没有出去。他已经收到了道耐尔夫人的回信;但在按照她的建议动身去京欣托克之前,他下决心再等上一天,这样贝蒂的父亲就可以有时间给他回信,即是说如果想要的话。他从外地旅行归来前去与新娘会合,心里特别想得到庄主及其妻子的允诺。要成为家庭的一员,他的做法绝不能显露任何粗暴或牵强的痕迹。接到道耐尔夫人的信,他预想到岳父会有反对的表示。但此刻他得知庄主亲自来了,还是大吃了一惊。

在布里斯托尔酒馆最好的客厅里,斯蒂芬·瑞纳德与道耐尔面对面地站着,形成了绝妙的对比:庄主脾气急躁,痛风病态,冲动易怒,气度慷慨,不计后果;年轻人则脸色白净,身材高挑,不慌不忙,沉稳安定——此人阅历丰富,处事老成,后来他去世后葬在京欣托克教堂,现墓碑仍在,碑文颂其毕生美德,其中一联他可谓当之无愧:

翩翩风度,温恭学养。
文采熠熠,宫廷风光。

故事发生的时候他已三十有五,不过由于他生活谨慎,性格平稳,使他看上去要比实际年龄年轻许多。

庄主道耐尔省去客套,开门见山,直入主题。

"我是您卑微的仆人,先生,"他说,"致鄙人和拙荆的信函已拜读。愚以为最好的方式应为当面回复,于是唐突前来。"

"前辈大驾光临,不胜荣幸之至,"斯蒂芬·瑞纳德一边说着,一边鞠躬施礼。

"虽然她结婚年龄太小,而且也并非出自我的主意,"道耐尔说,"但木已成舟,无法挽回。她现在是你的妻子,事情也只能这样了。但毕竟她年龄太小,你现在不能把她领走;而且我们不能只算年龄,还要看实际情况。她仍然还只是个小女孩,与之结合实是不合礼数。你明年来把她带走就算是很早了。"

尽管瑞纳德彬彬有礼,但一旦下定决心,还是很有一点倔强,已经对他做出了承诺,最晚在她十八岁的时候就可以娶走她,而且如果她身体健康状况良好还可以提前。她母亲根据自己的判断定下了这个时间,自己可是一点也没有干预。他一直呆在外国宫廷,现已感到厌倦。贝蒂已是成熟的女人,再拖下去也不过如此,在他看来已没有丝毫拖延的理由。她母亲的支持也使他态度强硬。于是他直接而坚定地告诉道耐尔说,出于对她父母的尊重,他一直愿意在合理的限度内放弃自己的权利，但是现在为了对自己和她公正公平，他必须坚持实现自己的权利。因此，既然她没有前来迎接他，数日之内他就前往京欣托克把她接走。

这种态度，尽管说得委婉礼貌，但还是使道耐尔大发雷霆。

"真是胡搅蛮缠！你反反复复地讲什么权利，我女儿还是孩子时，你把她偷抢走，我既不同意，也不知情。如果是我们请着求着你来娶她，那你就什么话也不用说。"

"我以人格担保，前辈，你的指控毫无根据，"他的女婿说道，"此时您一定已经知道——或如果您不知道的话，那我在您心里就会有人格上的污点，那对我是极不公平的——您肯定知道我没有使用任何迷惑或引诱手段。她母亲同意，她本人也同意。我相信她们的话。至于您对这场婚事持反对态度，我是后来才知道的。"

道耐尔表示完全不信。"只有她满十八岁你才能娶她——女孩子不满十八岁是不能结婚的——我女儿也不例外。"他就这样怒气冲冲地讲着，直到在隔壁听他们谈话的图普寇姆突然走进来对瑞纳德说，如果会见继续下去，他主人的生命就会有危险，因为在这种困难时刻，他的发怒很容易导致中风。瑞纳德立刻说，他最不愿意庄主道耐尔身体受到损害，随即离开了房间。道耐尔庄主也在呼吸平稳心情安静之后，扶着图普寇姆离开了旅店。

图普寇姆倾向于当天在布里斯托尔过夜，但道耐尔却突然看上去精力充沛，势不可挡，坚持要骑马赶回福尔斯庄园，然后第二天继续前往京欣托克。他们五点钟出发，取南路向蒙迪普山区前进。傍晚时分天干风大，除了没有太阳之外，一切都像是五年前三月的那个傍晚。图普寇姆想起当时从京欣托克宅邸传来消息，还是小女孩的贝蒂在伦敦结婚了——这一消息使道耐尔的身体受到重创，也使道耐尔作为家长的家庭受到剧烈冲击。此前福尔斯庄园的冬天，那可真是令人高兴的季节，参加打猎和射击的人们来来往往，庄园对他们随时开放。京欣托克也是如此，只不过道耐尔很少在那里长住。图普寇姆不喜欢瑞纳德这位聪明的廷臣，因为他夺走了庄主的唯一珍爱，也使这里的欢快生活戛然而止。

他们沿着山间小路前进，天渐渐黑了下来。图普寇姆从道耐尔骑马的姿势看到他疲乏无力，于是打马向前到了他的身边，问他感觉如何。

"噢，很糟，糟透了，图普寇姆，我快要从马上掉下去了。我怕我好不了了。我们过了三脚架了吗？"

"还有一段距离呢，老爷。"

"要是现在过了那儿就好了。我快坚持不住了。"庄主不时发出一两声呻吟，图普寇姆知道他在忍受巨大痛苦。"我现在还不如死了呢，我这样的蠢人就应该死！如果不是因为贝蒂，我宁愿死了算了。可是他明天就要到京欣托克——他不会再推迟；他明天出发晚上就会到达，不会在福尔斯庄园停留。他会在她措手不及的情况下把她带走。我必须赶在他的前面到达那儿。"

"希望您身体能顶得住，老爷。可现在——"

"我必须顶住，图普寇姆！你不知道我心里纠结什么；倒不是她和这个人结婚没经过我的同意——毕竟，就我所知，他没有什么可挑剔的；但问题是她根本不喜欢他，而且似乎是怕他——实际上她对他根本不上心。如果他硬是要来到家里强行把她占有，那真是太残酷了。但愿老天有眼，让他出点什么事不能前来！"

图普寇姆几乎不记得那天晚上他们是怎么回到家的。道耐尔痛苦难忍，不得不趴在马背上，图普寇姆时时刻刻提心吊胆，唯恐庄主老爷掉下马来。但是最后他们还是到了家，道耐尔立刻被人扶着上床休息。

第二天早晨的情况很明显，道耐尔至少数日之内不能前往京欣托克。他躺在床上，诅咒自己不能前去处理此事，而这件事又涉及微妙的个人机密，因此不能派别人去完成。道耐尔只希望贝蒂会亲自说她讨厌瑞纳德，瑞纳德的出现令她感到厌恶。要真是这样的话，他会骑马亲自把贝蒂带走。

但这些现在是无法办到了，于是他当着图普寇姆的面，当着护理的人和其他人的面，一遍又一遍地说："但愿苍天有眼，让他出点事才好！"

道耐尔的情绪，加上前一天服用强力药剂所带来的痛苦，深深打动着图普寇姆，打动着福尔斯庄园的每一个人，这与属于他妻子京欣托克家里的人形成鲜明的对照。图普寇姆是个易动感情的人，瑞纳德的即将到来在他心中引起的不安，几乎不亚于老庄主。上午过去了，下午到来了，这是瑞纳德前往京欣托克时途经福尔斯庄园的时刻，道耐尔的情绪越发激动，与之内心呼应的图普寇姆几乎不敢走近到他的床边。图普寇姆嘱咐大夫看管老庄主之后，就来到外面草坪上，老庄主把他几乎视为密友，其情绪也传染着他，使他快要透不过气来。他出生在道耐尔家附近，青少年时期就是在庄园度过的，他的生活与道耐尔家密不可分，这样密切的关系在后来的岁月就很难见到了。

他被召唤到屋里，被告知已经决定，要把道耐尔夫人请来：她丈夫情况非常危急。有两三个人可以派去送信，但道耐尔要图普寇姆前去，他有自己的想法，在图普寇姆就要出发时，他把图普寇姆叫到室内，靠过去在他耳边小声说：

"把马打快点，图普寇姆，要在他之前到达，你知道，我说的是在他之前。他就定在今天。他现在还没有到福尔斯庄园十字路口。你要做到我说的，就能把贝蒂带过来——明白吗？——在她母亲动身之后。我的病情使她母亲不能再等他。你带着贝蒂要走南道，他会走北道。你的任务就是叫他们互相不见面——明白吗？——这事我不能写在纸上。"

五分钟后图普寇姆就骑马上路了——这条路，自从他的主人还是个风华正茂的乡间小伙子到京欣托克宅邸求婚那时起，不知已经走过多少次。走出邻近庄园的山林之后，道路在平原上延伸，笔直向前长达数英里。在家庭和睦日子过得顺畅的时候，走这一段路都令人生厌。现在去完成这样一桩差事，独自一人，而且是晚上，真叫人心情有说不出的阴郁。

他一边骑马向前走一边暗自思忖。如果老庄主死了，他图普寇姆在这个世界上就会是孤单一人，没有朋友；因为道耐尔夫人并不喜欢他；可如果庄主一心想做的事情最终受挫，那他所受的打击会是致命的。这样想着，他不时地停下马来，听听有没有贝蒂丈夫到来的声音。这时已接近估计瑞纳德要到达这段路的时间。下午他一直留心注意路上行人，而且每到一处酒店就询问店主，最终确信这位人生地不熟的丈夫尚未经由此路，与他年轻的妻子实现时机不成熟的会合。

除了女孩的母亲，图普寇姆是家中唯一一个怀疑到贝蒂对年轻的菲利普森产生爱意的人，这种感情自她从学校回来的时候就在她悲伤的心中萌生了。因此他比她父亲更能想象到，她突然听到瑞纳德当晚就要到京欣托克的消息后，会有怎样激烈的情绪。

他骑着马不停地向前走，心中一会儿沮丧，一会儿又有希望产生。他可以肯定的是，道耐尔夫人不大可能阻止贝蒂随他来到她父亲身边，除非她女婿差不多紧跟着先后到达，这自然是很不幸的事。

到晚上九点钟，他已经走了二十英里路。从伊维尔和京欣托克村最近的园门走进院里，沿北车道向前；车道很像一条收费公路，由此穿过园林通向宅邸。虽然园林树木茂密，但车道两旁却树木稀疏，因此在夜里暗淡的光线下，可以看到道路向前延伸，像一片伸展开来的杉木刨花。他随即看到宅邸参差不齐的前脸。这座建筑结构庞大，但整体比较低矮，只有那方形塔楼的宽大轮廓高高耸入天空。

图普寇姆走近宅子的时候，他把马带到路旁草地上，为的是在通报之前尽量搞清楚，的确没有人在他之前到达。宅邸一片黑暗，人们似乎已经沉睡，完全没有迎接新郎即将到来的气氛。

在他停留的时候，他清楚地听到有马蹄声从他身后传来。一时心情紧张，不知所措。赶上来的肯定是瑞纳德。他把马停在一株枝叶繁茂的树下等待，发现躲开得非常及时，因为骑马赶上来的人也避开石子路，就在他身旁擦身而过。从侧脸他看出来人是年轻的菲利普森。

没等图普寇姆想好如何应付这一局面，菲利普森已经向前走了。但没有走向房子的正门。他向左转走到房子的东面，那里有贝蒂住的房间，这一点图普寇姆是清楚的。于是图普寇姆从马上下来，将马拴在一个向下伸的树枝上，随后从后面跟了上去。

他忽然看到一件东西，立刻明白了所处的位置。这是一架梯子，一端在距离房子很近的树下，上面一端通向二楼的一个窗户——这是贝蒂的闺房采光的窗户。没错，是贝蒂的闺房；他非常清楚宅子里的每一个房间。

骑马从他身边经过的年轻人显然也已经把马拴在了附近树下，现在可以看到他爬上梯子顶端，就在贝蒂窗户的外面。图普寇姆正在观望时，一个披着斗篷的女性身影胆怯地从窗槛迈了出来。两个人小心翼翼地沿梯子下来，一前一后，男子的双臂抓住梯子两边，护着女孩子，使她不会从梯子上摔下来。他们一到地面，菲利普森立刻就把梯子搬走，藏在灌木丛里。这一对年轻人很快消失了。过了一会儿，图普寇姆看到一匹马从树荫远端出现，上面坐着两个人，女孩就坐在她心爱的人身后。

图普寇姆脑子一片空白，不知道该怎么办；虽然这不是预想的那种逃走办法，但她毕竟还是逃脱了。他回到自己马那儿，骑马转过墙角，到仆人住房的门口，把给道耐尔夫人的信交给他们。再要给贝蒂留一个口信显然已是不可能了。

宅邸的仆人们想要他留下来过夜，但他不想这么做，他想尽快回去见老庄主，把见到的一切告诉他。他不知道是否应该截住这对年轻人并把贝蒂带到她父亲身边。但无论如何现在已经太迟了，想也没有用。于是他连一口水也没有喝，一块面包也没有吃就离开了京欣托克。

他在回家的路上走了很长一段。停在路边旅店的灯光下饮马,这时有人乘出租马车从相反方向赶来,马车经过时灯光照亮了车里人的面孔,然后进入黑暗之中。图普寇姆一下子高兴起来,不过他也不大清楚到底为什么高兴。这个迟到的人正是瑞纳德,在他之前已经有一个小伙子捷足先登了。

你们或许现在想知道贝蒂小姐的情况了吧。在这段时间里无法和他人交往,于是就有充分的时间思索自己拼命要染上天花的策略——显然这种做法被母亲迅速果断地阻止。她想不出还有什么其他办法让自己能拖延时间。于是预计他丈夫到来的那一天晚上降临了。

天黑之后不知过了多久,她听到一声轻轻敲窗户的声音,接着第二声,第三声。她吓了一跳,因为她心中想到的唯一来客就是害怕见到并且不惜以健康和生命为代价来拒绝见到的人。她蹑手蹑脚地走到窗边,听到外面有人小声说话。

"是我,查理。"那个声音说。

贝蒂的脸火烧一样地激动。近来她开始怀疑她的爱慕者的坚定性,认为他表示的爱意只不过是献献殷勤,俩人都没有做出过郑重的承诺。她打开窗户,高兴地低声说:"噢,查理,我以为你已经把我忘了呢!"

他向她保证没有忘掉她,并说如果愿意和他一起走,他的马就在外面等着。"你得快点,"他说,"瑞纳德正在到来的路上。"

她立即披上一个斗篷，确信门已锁好，不会被人突然闯进来，越过窗槛就下到外面，于是就发生了我们看到的一幕。

此时她母亲已经看到图普寇姆带来的信，知道她丈夫病情严重，于是把关于女婿到来的事放在一边，急着去告诉女儿她父亲身体危险的情况，认为可行之举是把女儿带到她父亲身边。她推了推女儿的门，却发现门仍然锁着。她叫女儿开门，却没有回答。她心中充满疑虑，于是悄悄把管家找来，要他把门撞开——这可不是一件容易的差事，宅邸的木活都做得笨重结实。但是门最终还是撞开了，道耐尔夫人走进贝蒂的房间，却只是发现窗户是开着的，小鸟已经飞走。

道耐尔夫人一时懵了，不过她随即想到，贝蒂可能私下从图普寇姆那里得知她父亲病情严重的消息，又怕被留在家里与她丈夫会面，于是就和那个固执而又有偏见的男仆去了福尔斯庄园。越想越觉得这种考虑不无道理，于是嘱咐自己的管家，无论是如她所猜想还是别的情况，都要对贝蒂的行踪保守秘密，自己则准备出发去福尔斯庄园。

她没有想到他丈夫的布里斯托尔之行是如何加剧了他的病情，所以一路上想的更多的是贝蒂的事，自己的事则全然没想。可能的一种情况是，今天夜里贝蒂的丈夫通过另一条道路到达，到后发现妻子和岳母都没有在家里等他，又找不到她们不在的理由；道耐尔夫人无意放弃发现其他情况的机会，于是在向前行进的同时，眼睛一直盯着另外一边的公路。在到达伊维尔镇之前，她马车的灯光照到了向前行进的瑞纳德的出租马车。

按照出发时给他的指令，道耐尔夫人的车夫把马车停了下来。他向另一辆马车打招呼，交换了简短的对话。瑞纳德下了马车，来到道耐尔夫人马车车窗旁边。

"上车来，"她说，"我要和你私下讲几句话。你怎么来得这么晚？"

"一件事接着一件事，"他说，"我原本打算最晚八点赶到的。谢谢您的信。我希望——"

"现在先不要想见贝蒂，"她说，"和给你写信的时候相比，情况有些变化，新发生了不少事情，你现在暂不能见她了。"

这种情况下，道耐尔夫人不能透露全部细节，但另一方面，不让他知道一些情况就不能阻止他盲目行动而可能会产生致命的后果。而且比道耐尔夫人更善于策划的人们有时也会觉得，有时披露一些事实，纯粹是因为管不住自己的嘴巴的缘故。于是她谈到了最近发生的一些意想不到的事件，例如贝蒂的心受到另外一个人的引诱，如果他坚持要见她则会使她做些失去理智的事。"实际上，贝蒂为了避开你，已经跑到他父亲那儿去了，"她说，"但如果你等一等，她很快会忘掉那个年轻人，因此你不用担心。"

作为一个女人和母亲，道耐尔夫人不能再多讲了，至于一周前贝蒂为将他拒之门外而拼死拼活要使自己染上天花，以及可能出现的一种令人担惊的情况，即她可能没去她父亲那里而是投入了情人的怀抱，道耐尔夫人则只字未提。

"嗯，"他这个通达的人说话的语调异常平静，"此类事过去也有过听闻。如果有一天她能想到，我本可采用与现在完全不同的方法对待她的话，她会更喜欢我而不是那个人。这个现在就不说了。今天夜里我能住在您家里吗？"

"今天夜里，当然了。你明天一早就离开？"她有点担心地说，因为无论如何她不想让他了解更多的情况。"我丈夫病情非常严重，因此我和贝蒂不能迎接你的到来。"

他答应一早就走，并说很快会给她写信，"等时机一成熟，"他说，"我就给她写信。我有些事要告诉她，使她能明智达理。"

道耐尔夫人到达福尔斯庄园时已经是凌晨一点了。但等待她的是双重打击。贝蒂并未到庄园来，她已经逃到别处；受挫的母亲猜到她跟着谁走了。她来到丈夫床边，发现医生已经放弃希望，这叫她心焦。庄主的情况看来快要不行了，身子极为虚弱，心性近乎全改，只是仍然拗犟，坚持不请牧师。稍一讲话就流泪，见到他妻子就抽泣起来。他问起贝蒂，道耐尔夫人心情沉重地告诉他，女儿没和她一起前来。

"是他不让她来吗？"

"不，不是。他就要回去了。一段时间不让他见她。"

"那什么在耽搁她——没心肝的孩子!"

"不,不是的,托马斯。她是——她是不能够来。"

"怎么回事?"

他生命最后时刻的庄严气氛使他具有了一种审判的力量,再冷酷的妻子也不能隐瞒当晚贝蒂从京欣托克逃走的事件。

使她吃惊的是,这一消息令他激动异常。

"什么——贝蒂——最终打出了王牌?太棒了!她真是她爸爸的好女儿!有胆量!她知道这个人是爸爸替她挑选的!她发誓我选的人应该赢!干得好——宝贝!哈哈!太棒了!"

他讲话时突然从床上坐起来,然后筋疲力尽,倒了下去。他没有再说一句话,黎明前就去世了。人们议论说,乡绅家庭里,多少年来没有过这么惨烈的逝世情景了。

现在我们再回到贝蒂,她在马上坐在情人身后,出了园林的便门向东走,随后发现他们身处罗马大道孤寂偏僻的一段,现在人们称之为长渣路。

到了此时,这两个没有经验的年轻人开始对自己的行动很有一些担心害怕起来。因此他们几乎一路上沉默不语,直到看见路边一个尚未关门的简陋小旅馆。贝蒂一直抱着他,心中充满疑虑,身体感到非常不舒服,这时她说想从马上下来停一下。

因此他们离鞍下马,这匹马一路驮他们前来,已经疲惫不堪。他们被引入黑暗的前堂,尴尬地面对面站着,像是一对逃亡犯。有人递过一盏灯来,在那人离开之后,贝蒂脱下一直披着的斗篷。菲利普森一看清她的脸庞就吃惊地叫了起来。

"哎呀,天哪!你病了,是要出天花呀!"他大声地说。

"噢,我忘了告诉你!"贝蒂有些支吾其词。然后她告诉他说,一周前听到她丈夫要来的消息,她就不顾一切地想要阻止他到她身边来,于是就想要使自己染上这种疾病,不过她觉得到目前为止还没产生什么效果,至于她感到发热,她认为那不过是太激动的原因。

得知这一情况菲利普森可真是如雷轰顶。比他更为理智的人也难以不受影响,更何况他还只是一个比她大不多少的男孩。"你还一直搂住我!"他说,"假如你要再病厉害了,假如我们俩都传染上了,那该怎么办?过一两个月,你会不会成为一个吓人的丑八怪呀,多么可怜的贝蒂!"

心中害怕的他原本想大笑一声,最后却变成了无力的咯咯傻笑。而此时的她却从少女成长为少妇,看透了他心里的想法。

"什么——是不是为了阻止他,我也阻止了你?"她难过地说,"你会因为我可能生病变丑而恨我吗?"

"噢,不,不是的,"他安慰地说,"但我——我在想我们这么做是否恰当。你看。亲爱的贝蒂,我们常说你们之间的婚姻不合理,但从法律上讲,你是属于他的,只要他活着,你就不能属于我。现在你又得了这种可怕的病,最好还是让我把你送回去,并且——还从窗户爬进去吧。"

"你就是这么爱我吗?"贝蒂以责备的口吻说,"哦,如果你传染了这天花疫病,而且变得像教堂储藏室的魔鬼面具那么丑恶,我也不会——"

"不,不,凭良心说,不是这么回事。"

但伤透了心的贝蒂已经披上斗篷,走出门口。那匹马还在那儿。她抓住马鞍上了马。他跟过来时,她说道:"不要离我近了,查里!请你牵着马,这样如果你还没有染上病,回去的时候就不会再染上了。毕竟,能阻止你的也能阻止他。现在走吧。"

他没有抵抗她的命令,他们从原路返回。贝蒂因自己给自己的惩罚而伤心落泪。她虽然责备了菲利普森,但她内心非常坚强,不愿谴责他爱情肤浅。在园林停下,他们一言不发地走向草坪,走到藏着梯子的灌木丛。

"给我把梯子竖起来好吗?"她悲伤地请求道。

他把梯子重新竖好,一语不发。但在她走近梯子要向上爬的时候,他说:"再见,贝蒂!"

"再见!"她说,并且下意识地把脸转向他。他向后闪了一下,避开了预期的亲吻:贝蒂很吃惊地抖动了一下,像是受到悲痛的创伤。她突然转身走开,这使他几乎没有时间跟着她爬上梯子去保护她,防止她从梯子上摔下来。

"告诉你母亲赶紧请个医生来!"他担心地说。

她跨进自己的屋子,连头也没有回;他下了梯子,把它搬走,随后就离开了。

现在独自一个人在屋里,贝蒂一下子趴到床上,抽抽搭搭地哭泣起来。不过她不认为她情人的行为不合情理,只是觉得自己上周的鲁莽行动是错误的。没有人听到她进来,她也是身心疲惫交加,根本想不到也无心找大夫来看一看。过了差不多一个钟头,她感觉更不舒服,真是生病了。由于这是通常睡觉的时间,所以没有人到她这里来。她向门口望去。有明显的痕迹表明,锁已被人撬开了,这使她不愿叫仆人上来。她小心翼翼地把门打开,急忙走下楼去。

在餐厅兼会客室里,被疾病折磨而又心情悲伤的贝蒂,在夜里这么晚的时候,见到的人不是她的母亲,而是一个男人,平静地坐在那里用着晚餐,这令她大吃一惊。室内没有仆人。他转过脸来,她认出了自己的丈夫。

"我妈妈在什么地方?"她劈头就问。

"到你父亲那里去了。这是——"他惊恐地停了下来。

"是的,先生。这个脸上长痘的人就是你的妻子。我这么做就是不让你接近我!"

他比她年长十六岁,到这个年龄已经懂得怜悯。"可怜的孩子，你必须马上卧床休息！不要害怕我——我把你抱回楼上去，然后立刻去请大夫。"

"啊，你不知道我现在的情况！"她叫喊着说，"我有过一个情人，可是他走了！不是我主动离开他，是他主动离开我，因为我病了，他都不愿吻我，尽管我是愿意他吻我的！"

"他不愿意？那他可是一个可怜得提不起来的家伙。贝蒂，从你不满十三岁作为我年幼的妻子站在我身边以来，我就没有吻过你。我现在可以吻你吗？"

虽然贝蒂根本不想让他吻，但她有席勒叙事诗中的库尼贡德的精神，要试一试他的勇气。"如果你有勇气冒险，是的，你可以吻我，"她说，"但是记住，你可能因此而丧失生命。"

他走到她面前，从容不迫地向她嘴唇吻了下去，边吻边说道："但愿以后经常如此！"

她摇了摇头，急忙向后退开，但心中暗自为他的勇敢坚强而高兴。在随后和他在一起的几分钟里，她都有一种兴奋的情绪支撑着，甚至有点不愿回到自己的屋里去。她丈夫唤来仆人们照看她，自己则亲自去请医生。

第二天早晨，瑞纳德一直等在宅邸，直到听大夫讲贝蒂的病很轻，或称"微恙"，才留下一个条子和她告别：

"现在我必须走了。我答应过你母亲现在不能见你，她见到我在这里会生气的。答应我，身体一好了就见我好吗？"

在那个时候他是当时最能应付这种猝发情况的人。他思维缜密，精明练达，举止优雅，认为生活中唯一恒定的特质就是变化，在女人一生最深的情感世界，没有什么会是一成不变的。他年幼妻子对外人的热恋他现在很憎恶，不出一年她自己心里也会有同样憎恶的感觉。按照科学的说法，再过几年她肉体会变化，那么她那不稳定的精神呢，肯定也会随之变化。贝蒂是他的，现在的问题只是采取什么手段实现这种变化而已。

那天，道耐尔夫人最终看着丈夫合上眼睛之后回到了京欣托克宅邸。令她真正放心的是在那儿看到了女儿，尽管她生病躺在床上。病程过后，贝蒂开始康复，她鲁莽的举动并未给她带来太严重的伤害，最后留下的痕迹只是在耳朵后面和下巴底下各长了一个小麻子。

庄主的尸体并未运回京欣托克。他曾遗言要埋葬在他出生之地，即与苏伊结婚之前生活之地。如某些女人一样，在她们丈夫活着的时候对其并没有多深的感情，可一旦丈夫去世就突然想起了他的许多美德，道耐尔夫人现在极力赞同她丈夫的意见，即推迟贝蒂与其丈夫会合的时间，而这在过去她是坚决反对的。"可怜的托马斯！他说的多么正确，而我又是何等谬误啊！"十八岁当然是瑞纳德把孩子带走的最低年龄——不行，太早了，实在是太早了！

她迫切希望在这方面满足已过世丈夫的生前意愿，于是写信给女婿说，部分是因为贝蒂在其父亲去世后处于悲伤之中，而且考虑到他生前就一再希望推迟，所以建议贝蒂十九岁之后再把她带走。

不管斯蒂芬·瑞纳德在他结婚这件事上有多少做法或许应受到指责，但现在他表示出的耐心却几乎的确让人同情。先是贝蒂的轻浮举止，接着是岳母的懊悔翻盘，这叫谁都无法忍受。他给寡妇岳母回信口气生硬，使这对迄今坚定的朋友之间产生了一种冷漠的气氛。但考虑到他的妻子不是接来就完事大吉，而是要把她的心争取过来，而且年轻的菲利普森已被他父母打发走，去了海上，所以斯蒂芬在一定程度上还是有些自鸣得意，他回到伦敦，和现在住在乡间的贝蒂及其母亲保持一种疏远的状态。在伦敦城里，因那次受贝蒂的传染而得了一场轻微的天花，但给她写信时他却刻意不谈自己病情轻微。现在贝蒂开始因那次亲吻使他染病而可怜起他来，此后的信中明显流露出温柔体贴。

在一次次遭到拒绝之后，瑞纳德对贝蒂渐渐产生真诚的爱，并以一种温和、文雅和渐进而持久的方式展现出来——这种方式下的爱，整体来说，是在婚姻体制下慷慨地使妻子生活舒适，而不一定是特别满足她狂热的爱的需求。道耐尔夫人坚持她丈夫的遗愿，进一步推迟了他与贝蒂会合的时间，这自然带来不便，不过他不会公开触犯。他一次次亲切地给贝蒂写信，不久就说他有一件令她惊奇的事等着告诉她。原来事情是这样的：仁慈的国王让人私下告诉他，国王陛下准备授予他男爵爵位。她喜欢伊维尔男爵这一称号吗？而且，他相信过不了几年他可能晋升为子爵，他认为韦塞克斯子爵的称号非常合适，因为他们的财产大部分都在这里。因此他请求允许再一次把他的心奉献给伊维尔贵族夫人和未来的韦塞克斯伯爵夫人。

他本来可以说而没有说的是，贝蒂及其后人所继承的京欣托克和其他地方的财产在多大程度上有助于他获得了这一令人渴望的荣耀。

可能获得的爵位是否影响了贝蒂对瑞纳德的态度，我也说不清楚，因为她性格属于这样一类人，他们口风很紧，从不让人知道他们心里对任何事情到底有什么想法。不过有一点可以肯定，她未预想会得到这样的荣耀，而且不可否定的是，斯蒂芬对她表示出了关怀、宽容以及甚至有时是宽宏大度；他宽恕了她感情上的不当行为，对此他本是有理由加以谴责的，尽管她被残酷地诱入婚姻陷阱时还是个孩子，根本不懂得婚姻的意义。

她悲伤、懊悔的母亲，虽与其粗暴但心地直率的丈夫生前毫无爱情可言，现在却把他仅仅是心血来潮的东西当成信条，坚持说出于对他愿望的尊重，女婿必须至少在女孩父亲周年忌日之后才能同女儿合房。到那时女孩还不满十九岁。在此之前斯蒂芬只能与贝蒂通信。

"那可是要他等上很长一段时间。"一天贝蒂喃喃地说。

"什么！"他母亲说道，"这是你说的？竟然不尊重你死去的父亲——"

"当然要他等是很恰当的，"贝蒂慌忙说，"我对这不反对。我只是想——想说——"

在这定规好的数月的漫长等待时间里，她母亲认真看管女儿，并指导她如何胜任做妻子的责任。她现在充分认识到死去的亲人的许多美好品质，除了对他虔诚怀念的诸多举动之外，还重修了京欣托克村的教堂，并在以此为名的各个村子建立了宝贵的慈善机构，范围包括了向东数英里的小欣托克。

在监督这些工作时，特别是教堂重修的过程中，她女儿贝蒂一直陪在身边，这种工作毫无疑义对年轻女孩的心情产生了舒缓安慰的作用。她由一个女孩突然一变成了一个女人，从她若有所思的面孔很少有人会认出，一年之前她还似乎是一个毫无责任感和道德之心的人。时光荏苒，很快距老庄主安葬就过去了将近一年；道耐尔夫人接到耐心等待的瑞纳德的一封信，适时地询问他近期内可否前来。如果贝蒂的母亲感到过于孤寂，他也并不想把贝蒂带走，他愿意和她们在京欣托克生活一段时间。

在这位寡居的道耐尔夫人回信之前，有一天她偶然看到贝蒂，没戴帽子也没披斗篷，在房南台地上明亮的阳光里行走。看见女儿的身影令她吃惊。道耐尔夫人把她叫进来，突然说道:"你可怜的父亲逝世以来你见过你丈夫吗？"

"哦——是的，妈妈。"贝蒂回答，脸红了起来。

"什么——不遵守我和你死去的父亲的意愿！你这么不听话真叫我难以相信！"

"可我爸爸说十八岁，妈，您把时间延长了许多——"

"可是，那，还不是为你考虑！你什么时候见过他？"

"哦，"贝蒂结结巴巴地说，"他在给我写来的信中说，我是他的妻子，如果没人知道我们见面，那就没什么问题。我不想告诉您令您伤心。"

"随后呢？"

"五个月前您去伦敦的时候，我就去了嘉德桥——"

"在那儿和他见面啦？什么时候回来的？"

"哎呀，妈妈，时间太晚了，他说，路上不安全，最好等第二天再回去，再说您又不在家——"

"我不想再听了！你就这么纪念你父亲，"寡妇哼哼着说，"你再次见他是什么时候？"

"哦——过了不到两周吧。"

"两周！你们总共见了多少次面了？"

"我肯定，妈妈，我见过他总共也不超过十来次——我是说单独见面，不包括——"

"十来次！你才只有十八岁六个月！"

"两次是意外碰到的，"贝蒂为自己辩解地说，"一次在阿伯兹切内尔门楼上一间废弃的屋子里,一次在切尔斯特的雷德莱昂。"

"真是瞎话连篇!"道耐尔夫人喊道,"你意外地去了雷德莱昂客栈,而我那时正在怀特哈特!我记得——当时正在纳闷发生了什么事,半夜十二点你进来了,告诉我说你一直在月光下看教堂!"

"亲爱的老妈妈,我的确一直在看教堂!只是过后我才和他一起到雷德莱昂的。"

"啊,贝蒂呀,贝蒂!你妈现在守寡了,你还在这样欺骗她!"

"可是,亲爱的妈妈,是你让我和他结婚的!"贝蒂振振有词地说,"因此我得听他的更胜于听你的。"

道耐尔夫人叹了一口气。"我没什么说的了。最好尽快让你丈夫到这儿来吧。"她说道,"像这样装作是没出门的闺女的样子——我都替你害羞!"

她立刻给斯蒂芬·瑞纳德写了一封信。"你们俩的事,我从此放手不管。但我劝你尽快公开地与她会合——如果你不想闹出什么丑闻的话。"

他来了,不过是在被授予预期的爵位之后,这样他可以诙谐的口吻称呼她"我的贵族夫人。"

人们说,在随后的年月里,她和她丈夫一起生活得非常幸福。而且不管怎么算,他们都有一个子嗣众多的家庭。她也如他所预计的,适时成为了韦塞克斯第一位伯爵夫人。

她在十三岁的幼小年龄和他结婚,当时所穿的小小的绣花衣裙,现在仍被完好地保存着,成为京欣托克邸宅的文物,好奇的人们仍可在那儿看到——这件颜色发黄的衣裙是出于社会门第而忽视无辜儿童幸福的作法的可悲见证,这种做法可能会导致巨大的不幸,不过他们的情况却是因天缘巧合而避免。

伯爵去世之后,贝蒂为他写了墓志铭,把他描述为最佳的丈夫、父亲和朋友,而称自己为悲泪的寡妇。

这就是女人,或者说(为避免范围过大而得罪人),这就是贝蒂·道耐尔。

这篇边口述边念稿子的故事,是在韦塞克斯野外运动暨古文物研究俱乐部的一次会上为填补正规论文的空缺而讲述出来的。一般来说,俱乐部成员在论文中更为关注的事物是畸形的蝴蝶、牛角化石以及史前动物粪便等等。

俱乐部成员包括各种各样的人,横跨了各个社会阶层:从某种意义上讲,这在其所在的英格兰这一地域是很特殊的——因为这里是令人感到亲切愉快的韦塞克斯,其高贵优雅的王朝统治者刚刚开始感受到外部新来的怪异幽灵的震慑,幽灵们像是进入伊齐吉尔幻象的空谷,令白骨起舞;而韦塞克斯的诚实的庄园主、商人、牧师、修道士以及民众都在同声唱着主的赞歌，祈求主能带来最美好的世界。

这次会议计划举行两天，开幕式程序已在城里的博物馆举行，与会者将参观城市建筑及周围地区。午餐已经结束，下午的参观活动即将开始，这时一场秋雨却突然噼里啪啦地下了起来，而且不像有停歇的意思。虽然这只是在秋天，但俱乐部会员们在等待的时候却感到凉气袭人，于是点起了炉火，欢快明亮的火光立刻照亮了头盖骨、缸瓮、家具摆设、镶嵌大理石、服饰、铠甲、武器和祈祷书，同时也使鱼龙和禽龙化石仿佛具有了生命；那些在自然界已经被赶尽杀绝但在这类馆藏中永远不会缺少的鸟儿的标本，那眼睛也开始发出闪光，就像在那致命的早晨结束它们短暂飞行的扳机已经叩响时，它们的眼睛在沼泽地初升太阳的照射下闪光一样。只是在这个时候，那位地方志撰稿人才拿出了他的稿子，说是准备出版用的。在讲完了上面这个故事之后，他继续说，因天气原因，出行受限，而又没有什么科研论文可在会上宣读，所以才以故事充数，不妥之处，望大家海涵。

俱乐部有几个会员表示，天阴下雨不能外出，也没什么其他办法，有幸能听到本郡历史上如此奇特的一章，对讲故事的人还是非常感激的。

俱乐部会长看着窗外不停的降雨，脸色阴郁，他利用短暂的安静对大家说道，虽然会议已经开始，但看来不大可能参观议程上安排的景点。

俱乐部财务主管说，他们有幸有这样一间屋子可以避雨，而且还有一天的活动时间。

一个富有情绪的会员后背仰靠着椅子宣称说，他并不着急到外面去，最令他开心的事莫过于再听一个乡间故事，不管有没有稿子讲都行。

上校补充说，故事的主题最好能跟刚才的故事一样，也是关于淑女的，对此一个绰号为"火花"的绅士喊道"赞成！赞成！"

虽然大家都是开着玩笑在讲这些，但一位在场的乡村牧师却一本正经地说，这类故事倒也不少。在英格兰这一地区，过去有许多关于高贵优雅的名门淑女的故事和传说，她们的所作所为和感情故事除了一些男人记得之外，大多已埋葬在简短的碑文之中，或族谱干巴巴的记事之下。

再一个发言的会员是位老外科医师，此人平时有些不苟言笑，但交友甚广，他表示很赞同上述发言人的意见，并且肯定地认为，刚才发言的这位尊敬的绅士一定记得许多美丽的贵妇人的轶事，知道她们的爱与恨、喜与悲以及她们绚丽的生平与命运。

教区牧师有点不解，他反驳说，我们这位外科医师朋友，其父亲也是一位外科医师，在牧师看来，医师在他自己及其父亲的长期医疗生涯中可谓经多见广，与其他人相比，他可能是最了解此类故事的人。

绰号"书虫"的会员、上校、地方志撰稿人、俱乐部副会长、教会理事、两位助理牧师、商绅、情感丰富的会员、红脸的麦芽商、沉默的绅士、世家子弟、"火花"以及另外几个人都表示赞同，请他认真想一下，讲个类似的故事。老外科医师说，大家希望他做的事，虽然在南韦塞克斯野外运动暨古文物研究俱乐部的会议上并不怎么合适，但他倒没有多少反对意见。教区牧师说他也会接着讲一个。外科医师想了一想说，他决定讲一个生活在上世纪末叫芭芭拉的贵妇人的情史，并说或许会涉及过多医学专业，请大家谅解。红脸的麦芽商听到这种道歉的话，对"火花"眨了眨眼睛，此时，老外科医师的故事开始了。

故事二

格瑞布家的芭芭拉

——老外科医师讲述

很明显，阿普兰塔沃斯伯爵并未对芭芭拉动情，但是却执意要得到她。这根本就是他个人的计划，没人知道这个想法起于何时。芭芭拉已经明白表露并不喜欢他，也不知他怎能还如此胸有成竹，我猜，下面要说到的芭芭拉人生中的第一次重大行动可能是此事的一个诱因。十九岁本就是冲动的年龄，激情超过理智，而伯爵，因为年幼就承袭爵位，享受当地职位和荣耀，继承家族血统，已经是张弛有度，老成持重，深谙世事了。在他刚满十二岁时，作为家族中第四代伯爵的父亲没能通过巴斯温泉疗养康复，一段时间之后就离世了，正是这突如其来的擢升使他还没来得及体会青春期，就变得成熟起来。

不过，家族秉性也不无关系，生于佩戴纹章之家，天性中就有一股子坚毅。成也因此，败也因此。

他们两家房子大概相隔十英里远，一条新修的税卡大道坐落其间，将黑纹瀑镇和沃布罗恩镇通向曼彻斯特市连接起来。当然那条路现在已经很旧。尽管只是"西部大道"的一条岔道，但这条路却也是几百年以来英格兰碎石税道的典范，直到今天仍是如此。

伯爵家距离这条大路大概一英里，芭芭拉父亲的宅邸也离这条路差不多远，每家都修葺了一座门房，从大门延伸出一条小马车道通向这条大道。二十年前，也就是上个世纪末（十八世纪）圣诞节期间的一个晚上，年轻的伯爵就是沿着这条特别的大道，驱车前往芭芭拉家参加晚会的。芭芭拉和父母住在契恩庄园，父亲是约翰爵士，母亲是格瑞布夫人。约翰爵士是在几年前内战[①]爆发之前被授予准男爵封号的，领地要比阿普兰塔沃斯伯爵的大，包括契恩庄园、海边一处庄园、考克汀地区一半的领地和沃伯恩及其周边几个教区的圈地。此时，芭芭拉十七岁，根据习俗，在这个舞会上，阿普兰塔沃斯伯爵可以向她表明心迹。老天爷啊,这也够早的了！

据说，阿普兰塔沃斯伯爵当天白天与来自敦克哈德兹家的某位好友一起用餐，没想到，他对朋友说起了自己的想法。

[①] 指1640年至1642年英国资产阶级革命发生后进行的战争。约翰家在革命前不久受封，说明他们是新贵族。

"你永远也得不到她,肯定得不到,绝对得不到!"临别时,朋友告诉他,"芭芭拉对你并无爱慕之意;她也不会考虑门当户对,嗨,她脑子里的算计还不如一只鸟多呢。"

"我们走着瞧,"阿普兰塔沃斯伯爵平静地回应。

毫无疑问,当傍晚坐着敞篷双轮马车沿着大道前往舞会的时候,伯爵还在回味朋友的话。此时已日暮西山,斜阳下,他面容平静,仿佛雕像一般,内心坦然,好像朋友的话对他没有丝毫影响。一所名叫"劳顿客栈"的旅店孤零零地伫立在路边,那是很多胆大的偷猎者去邻近森林狩猎时的聚集地。如果稍加留意,他就能发现客栈前的停车处停着一辆陌生公共马车,不过由于急于赶路,他疾驰而过。走了半个小时,他穿过沃布罗恩小镇,还有一英里就到宴会的主人家里了。

这房子在当时算是宏伟壮观了,也可以说是住宅群。宅邸面积跟伯爵家的差不多,但是设计上却缺乏统一规范。宅邸其中的一侧极其仿古,外墙上直起一个巨大的烟囱,就像一座塔楼,里面是宽阔的厨房,据说曾经为"高恩特的约翰[①]"备过早餐,约翰在前院的时候就能听见法国号和单簧管吹奏的乐曲声,那是当时宴会上最受欢迎的演奏乐器。

依照规矩,七点的时候,舞会开始,女主人格瑞布夫人领了一曲小步舞。没多久,伯爵走进会客厅,他也受到了符

[①] 高恩特的约翰(1340—1399),英王爱德华三世的第四位王子,被封为兰开斯特公爵。

合自己身份的热情招待。他开始寻找芭芭拉。她没有跳舞,仿佛有什么心事,在等着他的到来。此时的芭芭拉是一个善良美丽的女孩,她言善意慈,决不会因为别人的美貌而心生嫉妒之情。芭芭拉跟他跳了乡村舞,随后又跟他跳了另外一曲。

在小号和单簧管的优美声音中,夜晚慢慢流逝,芭芭拉对这位爱慕者并未表现喜爱或者反感,不过有经验的人都能看出来,她有心事。晚餐过后,她说头痛,便离开了。阿普兰塔沃斯伯爵对跳舞本身一点兴趣也没有,芭芭拉一走,他就来到长回廊旁边的一间小屋,和一些年长的人围坐在火炉边打发时间。他拉开窗帘向外眺望。外面是园囿和树林,漆黑一片。尽管时间还早,但好像已经有客人要离开了,有人从大门处绕过两盏灯,消失在远处的漆黑中。

女主人探身进来,为女士们寻找舞伴,阿普兰塔沃斯伯爵便随她走了出来。格瑞布夫人告诉他芭芭拉还没有回舞厅,说是身体不适,已经上床休息了。

"她一整天都为舞会的事情兴奋不已,"夫人继续说道,"我都有点担心她兴奋过度,体力跟不上……但是,阿普兰塔沃斯伯爵,你不会这么早就要离开吧?"

爵士回答说已经快十二点钟了,而且已经有人离开了。

"我保证没有一个人离开。"格瑞布夫人说道。

为了迎合她,伯爵一直呆到午夜时分才离开。虽然对芭芭拉的追求没有什么进展,不过他还是很欣慰,因为同时芭芭拉也没有对其他客人表示丝毫的好感,而周边凡是有点身份的人差不多今天晚上都到场了。

"不过是早晚的事。"年青沉稳的哲学家自言自语道。

第二天早晨,他一直睡到了上午十点钟。起床后,他来到楼梯口,就听到外面有人踩踏着石子走来,片刻间,门就被打开了。他刚走下楼梯,约翰·格瑞布爵士就迎面走来。

"伯爵大人——芭芭拉呢?——我女儿在哪?"

即使是阿普兰塔沃斯伯爵,此刻也不得不惊讶万分,"什么,尊敬的约翰?"他问道。

在男爵忙乱的解释中,阿普兰塔沃斯伯爵弄清了缘由,的确令人震惊。昨天晚上,在伯爵和其他客人离开格府之后,约翰爵士和夫人就上床休息了,并没有再去看芭芭拉。由于之前芭芭拉就派人来说自己不能再跳舞了,所以他们以为她早就上床休息了。在这之前,芭芭拉还把女仆打发走了。但是实际上,所有迹象都表明,年青的小姐根本就没有上床,卧室里的一切都表明,这个狡猾的女孩假装不舒服,借此离开舞厅,而十分钟之后,就在此后的十分钟,她就离开了房子,估计晚餐后跳第一场舞的时候,她就已经走了。

"我看见她走了。"阿普兰塔沃斯伯爵说道。

"你看到了?!"约翰爵士喊道。

"是的,"于是他说起了自己看到有马车灯光渐渐远去,而当时格瑞布夫人信誓旦旦地说没有人离开。

"肯定是她！"芭芭拉的父亲说道，"但是她不是一个人走的，你知道吧。"

"啊——那个小伙子是谁？"

"我只是猜测。这个猜测是我所最担心的。我不想说了，我以为——我还是有些不相信——我以为你会是那个犯错误的人，如果是你就好了！但是，不是你，是另一个人，另一个人，天哪！我必须结束这一切，把他们追回来！"

"他到底是谁？"

约翰爵士不肯说出那个年轻人的名字。他情绪激动，人显得更加迟钝。阿普兰塔沃斯伯爵要把他送回契恩庄园，路上，伯爵再次问起那个人是谁，最终，男爵的冲动屈服于伯爵的坚持，说，"我担心是埃德蒙·威乐斯。"

"这人什么来历？"

"他是绍特福德广场那边的一个年轻人，一个寡妇的儿子。"男爵向伯爵描述这个威乐斯的来历。他的父亲或者爷爷是当地的玻璃手绘匠，是这门古老手艺最后的传人，这门手艺在英格兰的其他地方都已经失传了，因为威乐斯家的父辈们，才得以存留并延续到现在。

"天哪——太糟糕了——真是糟糕透顶！"阿普兰塔沃斯伯爵绝望地倚靠在马车背上。

他们派人四处追寻，有向曼彻斯特方向的，有向绍特福德广场方向的,还有向海岸方向的。

但是两个小情人捷足先登,领先了十个小时,而且他们显然精心计算过时间,选择了最佳出走时机。那天晚上,路上车水马龙,无论是在公园还是附近的大道上,一辆陌生的马车丝毫不会引起路人的注意。阿普兰塔沃斯伯爵在劳顿酒馆门口看到的那辆马车,毫无疑问,就是他们用来出逃的,两个小谋略家如此精明设计,骗过了所有的人,说不定他们现在已经结为夫妻了。

爵士夫妇担心的事情还是发生了。他们收到了芭芭拉差人送来的信,这是她出走的那个晚上写的。信上说,她已经和自己心爱的人启程前往伦敦了,当父母收到这封信的时候,自己已为人妻了。芭芭拉还说,之所以出此下策,是因为自己已经发现与阿普兰塔沃斯伯爵的婚姻无法改变,但是自己又深爱着埃德蒙,心里再容不下其他人,所以,如果再不铤而走险,自己终将难以摆脱命运的压迫了。之前,自己已仔细考虑过,如果父亲要因此与自己断绝关系,那么自己也只好从此在小城镇过好小女人的生活。

"真见鬼!"当天晚上坐车回家,阿普兰塔沃斯伯爵怒不可遏,"真是活见鬼的傻瓜!"——他对她的爱也到此为止了。

话虽如此,约翰爵士出于责任,已经出门追寻他们,他一路狂奔,赶到曼彻斯特,从那里一路直奔伦敦。不过,很快,爵士就意识到这些都是徒劳的,他慢慢接受了既成婚姻的事实，也知道再把他们从伦敦搜寻出来也没有任何意义了。于是，爵士停止了追寻，回到家中和夫人相向而坐，尽力消化发生的这一切。

他们有能力以诱骗罪起诉威乐斯，面对这些既成事实，他们静静地考虑了一段时间，最终还是没有采取激烈的惩罚方式。大概六个星期，芭芭拉的父母强忍失去爱女的悲痛，没有和芭芭拉有任何联系，没有责备，也没有宽恕。他们总感觉自己颜面尽失。尽管威乐斯还是一个忠厚老实的年轻人，父亲也正派，但是由于父亲去世得早，只有母亲独自含辛茹苦地维持生计，所以，威乐斯没能受到什么教育。此外，威乐斯家族没有任何出色的血统，而爱女却承袭了母亲高贵的血统，融合了古老男爵所有好的血统，包括莫德维尔家族、莫恩家族、赛伍德家族、佩福瑞儿家族、卡利福德家族、泰尔波特家族、普朗塔基尼特家族、约克家族、兰开斯特家族、天知道还有哪些家族。总之，如今这一切都要付诸流水，爵士夫妇受到的打击太大了。二人坐在壁炉边，面对着饰有家族盾徽的四心连拱哀叹连连，特别是夫人，叹息声几乎没有停止过。"谁能想到老了老了，咱们还要遭此不幸！"爵爷说道。

"这是说你自己吧！"夫人哽咽着，大声叫道，"我才四十一！……你为什么不快马加鞭把他们追回来呢！"

而此时，那一对视血统如污水的新婚情侣，正处在被幸福冲昏头脑的阶段；不过我们都知道，幸福如潮水，终将慢慢退却。对于鲁莽行为，老天自有安排。第一个星期，小两口如同在七重天[①]般幸福，而第二星期就降到了六重天，第三个星期激情开始平淡，第四个星期反思开始了，捕获爱人之心就像地核分层一般，一层层逐级变化，正如我们俱乐部会长有时说到的那样，头层炭热，次层炭温，再次层凉冷，末层炭就是冰冷了——如今，已难博美人一笑。长话短说，一天，一封加盖着女儿自己小印章的书信被送到约翰爵士和格瑞布夫人手中，打开信封，里面记载的全是两个年轻人的忏悔恳请之辞，他们请求约翰爵士原谅自己的鲁莽行事，愿意负荆请罪求得父母的宽恕，承诺要自此膝前尽孝。

于是约翰爵爷和夫人再次坐在四心连拱的火炉旁，反复阅读来信，研究内容。说实在话，约翰爵爷更关心女儿的幸福，而不是所谓的名望和血统。此时，女儿往日的种种乖巧涌上心头，他不由得叹了一口气，内心默默接受了这桩婚事。对夫人来说，也是觉得事已至此，覆水难收，再过分苛责女儿也没有什么意义了。芭芭拉和新婚丈夫可能遇到了生活中的困难，而老两口又如何忍心让自己唯一的女儿在他乡食不果腹呢？

一个意外的发现给他们带来了一丝慰藉。他们得到可靠

[①] 基督教把天堂分为七重，第七重最高，为上帝和天神所居，后被隐喻为极乐世界。

信息，平民威乐斯的某一位祖先曾经有幸与一位落魄的贵族后裔结亲。简言之，这就是名门父母的愚钝之处，有时候非名门的父母也是如此。就在得到此消息的那一天，他们给芭芭拉回信，告诉她可以带着丈夫回家，他们不会把他拒之门外，也不会斥责她，而是会尽最大努力去欢迎他们，并跟他们商讨筹划，找到一条最适合小夫妻的路。

三四天之后，一辆略显寒酸的邮递马车驶近契恩庄园的大门。听到马车声响，心软的男爵和夫人立刻跑出去，像迎接公主和王子一样热情地奔向女儿。虽然她现在已是威乐斯夫人，嫁给了一个叫埃德蒙·威乐斯的无名小辈，但是，看到爱女平安归来，夫妇二人仍是喜出望外。芭芭拉流下了忏悔的眼泪，这对年轻的小夫妇已经深感负疚，如今他们身上连一个几尼（英国旧货币单位，价值1.05英镑）都没有，可想而知，现实估计是已经切实地让他们为自己的鲁莽行为后悔了。

当一家人情绪平复之后，父母二人并没有斥责两个年青人，而是理性地与他们讨论当前所面临的形势。年青的威乐斯谦逊地坐在一边，直到格瑞布夫人邀请他共商家事，语气也缓和了很多之时，他才加入讨论。

"他长得真是帅气！"她心里想道，"也难怪芭芭拉会迷恋上他。"

他的确是女孩们心目中少有的英俊男子。身穿一件蓝色外套，紫红色背心，本色布的马裤衬托出那鲜有人敌的修长健美的身形。那双深邃的黑眼睛里满是焦虑，不停地从芭芭拉身上扫视到她父母，又从她父母那里扫视到她身上，尽管面带惶恐，但是旁人一眼望去，也会感觉到相比之下的阿普兰塔沃斯伯爵的沉着冷静就显得非常冷淡了。而芭芭拉，头戴白色鸵鸟毛装饰的圆顶灰帽，面容娇俏（讲故事的老妇人是这么说的），外穿深褐色长裙，脚趾俏皮地从米黄色的衬裙下探出。她长着一张娃娃脸，五官明显区别于寻常女孩。如果你观察她家族的袖珍画像，就会发现她的嘴角显露出她敏感的个性，同时她也不可能是一个急脾气的人，除非情况极其紧急。

就这样，他们讨论了当前状况。依赖于父母，小夫妻俩迫切需要得到长辈的肯定，因此，只要父母提的要求不过分，他们愿意尽最大努力来获取父母的认可。约翰爵士提出要资助埃德蒙·威乐斯跟随一位导师去欧洲大陆游历一年，尽管两人新婚不足两个月，他们还是欣然同意了。威乐斯保证一定遵循导师的教导，勤奋学习，全面提高自己，以求配得上芭芭拉这样的贵族小姐。在游历期间，他将会学习和了解各种语言、礼仪、历史、社会、古迹以及旅途中所见到的一切，以拓广学识，缩小与芭芭拉的差距。

"等你学成归来，"约翰爵士说道，"我会把悠韶特的小房子收拾好，让你和芭芭拉住在那里。那个房子虽然有点小，但位置安静，对于你们年轻夫妇来说足够住了。"

"只要比一座凉亭大一点就行！"芭芭拉说。

"只要比一顶轿子大一点就行！"威乐斯说，"越是僻静越好。"

"我们能受得了寂寞，"芭芭拉说道，但她远没有威乐斯那么热切，"当然了，也会有一些朋友来走动一下的。"

很快，一切都安排妥当，他们请来了一位学富五车、经验丰富的导师。在一个晴朗的早晨，师徒二人出发了，但芭芭拉没有一起去，因为年轻的丈夫对她爱的如此深切，如果一同前往，威乐斯就很难充分利用旅程中的所有时间来丰富知识，增长见识——这个理由让人无可辩驳，而且有先见之明。两人定好通信日期，芭芭拉就在门口和埃德蒙吻别。马车迅速驶出大门，飞驰到大路上。

他先乘船到法国的勒阿弗尔市，一上岸，就在港口给芭芭拉写信，由于逆风行驶，船在海上行驶了七天才到岸；第二封信是从里昂寄出的，接着他到了巴黎，在凡尔赛宫看到了国王和王室成员，欣赏了王宫里精美的大理石工艺品和镜面装饰；之后又从里昂写信，然后，隔了稍长一点时间，从都灵写信来，讲述了他骑驴横跨塞尼山峡的惊险历程，他如何遭遇恶劣的暴风雪，他、导师以及同行的导游险些命丧于此。然后是意大利，他热情洋溢地描述了这个国家。一个月又一个月，芭芭拉从丈夫的来信中看到他心智的成长，此时更加佩服父亲的明智之举，为埃德蒙设计了此次成长之旅。但是有时她也会独自哀叹。丈夫在眼前的时候，她能够让自己坚信当初选择嫁给他是正确的；可如今他不在眼前，有的时候，她会变得动摇，私下里担心自己的下嫁不知道以后会为自己带来何种羞辱。如此心事重重，她也很少出门，因为有一两次，她和以前的朋友相聚，明显感觉到她们态度的变化，她们的神情仿佛在说："啊，幸福的小村妇，你可被逮着了！"

埃德蒙的信还是一如既往的热情，过了一段时间，芭芭拉感觉自己的信远远赶不上丈夫的信热情了，她明显感觉到自己心头日益滋长的冷漠，作为善良而诚实的女人她常常因此而恐惧和伤心，因为自己唯一的愿望就是做一个忠诚而正直的女人。芭芭拉无比苦恼，乞求上帝让她的心温暖起来，最后，她写信恳求丈夫在艺术之都请人画一幅他自己的画像，不管多小都行，这样她就可以每时每刻都看着它，时刻记住丈夫的音容笑貌。

威乐斯对此没有丝毫的不悦，他回信说，不仅她的愿望可以实现，而且还会给她更大的惊喜；在比萨，他结识了一位雕刻师，这位雕刻师对他和他的经历非常感兴趣。他已经委托这位艺术家为自己雕刻一座大理石雕像，只要一完成就立刻寄给她。虽然希望能立刻就拿到点什么，但是芭芭拉也没有再说什么。埃德蒙在下一封信里告诉她，那位雕刻师要赶制一个作品，已在英国的贵族圈里引起关注，所以权衡之后自己决定把半身像改为全身像，目前雕刻进展顺利而迅速。

同时，芭芭拉开始忙于悠韶特的装修工作，也就是好心的父亲为夫妻二人所准备的住宅。这里原本要修建一所大宅院，后来只修了一处小房子，不过依然按照庄园的形式设计的。房子中央是一个大厅，周围环绕着木质结构的回廊，按照这个设计，所有的房间都很小，仿佛储物间一般。房子孤零零地立在一面斜坡上，周围树木林立，栖息于其中的小鸟昼夜不息地鸣唱，仿佛没有白天和黑夜之分。

村舍修缮的过程中，芭芭拉经常来这里。虽然茂密的树木隔绝了外界，但是这里距离大道很近。一天，芭芭拉从篱墙向外张望，恰好看见阿普兰塔沃斯伯爵骑马经过。他客气地向她行礼，但是动作呆板僵硬，也没有停下马。芭芭拉回到家中，继续祈祷，希望自己对丈夫的爱永远不要停止。之后她就病倒了，很长一段时间都没有出门。

房子已经准备就绪，只等埃德蒙回来与芭芭拉一起入住，可是丈夫为期一年的教育却延长了两个月。同时，她也没有像往常那样收到丈夫的来信，那位导师倒是给格瑞布爵士寄来了一封信，在信中，导师说他们在威尼斯遭遇了一场可怕的灾难。威乐斯先生与他一起在上个星期的狂欢节去一个剧院欣赏意大利喜剧，不料，由于疏忽，一个剪烛花的工人造成剧场失火，火势迅速蔓延全场，还好没有人为此丧命，因为有几位勇敢非常的观众把失去知觉的受害者抢救了出来；而在这些勇敢的人当中，威乐斯先生是最勇敢的，他不顾个人安危，先后五次冲进剧场搭救别人，可就在最后一次，几根燃烧的大梁倒塌下来，横落在他的身上，大家都认为他可能救不过来了。幸好老天保佑，他最后活了过来，但被严重烧伤；虽是死里逃生，不过奇迹的是，他的身体却没受什么大伤。当然了，他现在还不能写信，当地一位医术高超的医生正在为他治疗。下一封信会持续汇报事态的进展。

虽然导师并未提及可怜的埃德蒙所遭受的痛苦，但是消息一传到芭芭拉那里，她立刻就意识到埃德蒙必定遭受了极大的痛苦，她的第一反应就是要立刻赶到埃德蒙的身边。不过，静下来一想，这却很难实现。她的身体远不如以前健康，在当时，乘坐马车横跨欧洲大陆，或者乘船横渡比斯开湾，这对她来说都是极大的挑战。但是她本人心急如焚，一心想去。在信的结尾，导师明确表示，如果芭芭拉有去的想法，自己坚决反对，同时埃德蒙的医生也是同样的观点。虽然导师并未说明原因，但是随后所发生的事会让大家清楚地看到其中的缘故。

事实上，威乐斯头部和面部烧伤最为严重，特别是那张当初让芭芭拉倾心的面庞。导师和医生都很清楚，在伤势愈合之前，对一位敏感而年轻的女士而言，这一切带给她的痛苦要远远胜于她的照顾所带给他的幸福。

约翰爵士和芭芭拉也想到了这里，不过谁也没有说破，可格瑞布夫人却脱口而出，"当然了，这对你来说很不容易，可怜的芭芭拉，他唯一的优点就是一副好模样，你当初那么鲁莽也正是为此，可如今，连这都没有了，大家会觉得，你这草率的婚姻已经毫无理由了……唉，我真希望你嫁的是另外一个——真这样就好了！"说完，夫人不由得叹了口气。

"他很快就会好起来的。"她父亲安慰她说。

虽然这样的话题不会经常提到，但是已经足以让芭芭拉感到不安，觉得自己很是愚蠢。她下决心不再去听这些话，此时悠韶特已经准备就绪，家具也已配备齐全，于是她就带着贴身女仆住了进去，以躲开这些闲言碎语。在那里她才第一次有了女主人的感觉，只等着丈夫回来，这就是完全属于自己和丈夫的家了。又过了几个星期，威乐斯恢复很快，可以自己动笔写信了。他慢慢地，小心翼翼地把自己的伤势详细地告诉她。威乐斯说，他这次没有完全失明真是一件很幸运的事情，虽然一只眼睛已经完全失明，但是庆幸的是，另一只眼睛的视力却保住了。他并没有太多描述自己的具体状况，但这些已经让芭芭拉体会到了这是一场多么恐怖的经历。芭芭拉向他保证，自己对他的心意丝毫没有改变。对此他满怀感激，不过仍旧有些担心，害怕芭芭拉没有完全意识到自己的面貌已经今非昔比，甚至芭芭拉都很难认出自己来了。但是，不管怎样，他对她的爱一刻也未曾变过。

他的焦虑让芭芭拉看出他内心深处的担忧。她回信说，自己会遵从命运的安排，等着他回来，无论他变成什么样子，她都欢迎他早日归来。她还告诉他自己已经住进了那座美丽的小房子，就等着两个人一起在此居住了，不过，她没告诉他的是，知道那英俊的面容不复存在之后，她不知道暗暗叹了多少气。当然她也没有提到自己对威乐斯已经产生的陌生感，他们在一起不过生活了几个星期，跟分别的时间相比，那段时间太短了。

　　时间慢慢地过去，威乐斯认为自己已经恢复得差不多，可以回家了。他在南安普顿上岸，然后从那里坐马车去悠韶特。芭芭拉计划去接他，就在福瑞斯特和契恩庄园之间的罗恩客栈等他，当初，两个人私奔的那个晚上，威乐斯就是在这里等了她整整一个晚上。到了约定的时间，她坐着一辆小马车来到了罗恩客栈，这辆小马车是父亲送给她的生日礼物，以便她在新房中有不时之需。到了客栈之后，她计划在那里接到丈夫后两个人一起驾驶丈夫租来的马车回家，因此就打发马车回去了。

　　一个路边的小客栈无法给小姐提供太多的舒适，但是她对此毫不在意，当时正是早夏的傍晚，天气很好，于是她就一个人在外面散步，眼睛不停地向着大路的方向张望，希望丈夫的马车早点出现。每次远处飞扬起一团尘土，她都翘首以待，可是来到近处，却发现都不是丈夫乘坐的马车。芭芭拉就这样一直等着,两个小时过去了,她开始担心起来,生怕他横渡英吉利海峡时遇上逆风,耽误行程,晚上无法到家。

然而,芭芭拉在等待丈夫的时候却明显感到一种莫名的不安,其中有对丈夫的牵挂,但并没到害怕的程度;这种不安的情绪介乎于失望和解脱之间。她与那位受教育不多但是长相却很英俊的丈夫一起生活了六七个星期,但是现在已经有十七个月没有见到他了,如今又有一场意外让他面目全非,她估计自己都认不出他来了。芭芭拉的心情如此复杂,也的确情有可原。

但是眼下最大的难题是如何离开罗恩客栈,因为她的处境越来越尴尬了。芭芭拉一贯行事欠考虑,这次又是这样。她原以为到这之后只要等几分钟,丈夫的马车就会如期而至,她只要上车跟丈夫一起回家就行了,因此一到客栈就把自己的小马车打发了回去。可现在发现,这里的人都认识自己,迎接久别的丈夫回家也成为公众的焦点,她注意到,无数双眼睛透过客栈的窗户在悄悄地盯着自己。芭芭拉决定先雇一辆车回家,不管客栈有什么样的车都行。她最后一次向大路的方向张望,虽然天色已黑,她还是看到远处飞扬的一片尘土慢慢靠近。她停下来,一辆轻便马车爬上客栈门前的斜坡,在门口停了下来,如果驾车人不是看到她站在那里的话,肯定已经打马离开了。几匹马立刻被勒住了。

"是你在这——还是一个人,我亲爱的威乐斯夫人?'

来者原来是阿普兰塔沃斯伯爵。

她说明了自己一个人的原因，由于伯爵行程与自己住所方向一致，所以她就接受了伯爵的邀请，坐在了伯爵旁边。刚开始，他们的交谈还稍显生疏，断断续续；等到马车行驶了一两公里之后，她惊讶地发现，自己正在真诚而热切地跟伯爵交谈。她这样的确是有些随性了，但确实也因为最近生活不顺，一场意外的婚姻使她非常孤独。对于一个长期压抑自己的女人而言，出乎意料地跟别人交谈起来，也没法更加谨小慎微了。一颗坦诚的心砰然跃起，对于他的那些诱导性的问题，或者说是暗示，她也毫不避讳，自己内心的烦恼也随之涌出。阿普兰塔沃斯伯爵几乎把她送到了家门口，虽然为此多绕了三英里的路，在被扶下马车的时候，她听到伯爵悄声责备道，"如果当初肯听我的话，也不至于落到今日这步田地！"

她没有回应，进了屋。晚上，时间慢慢过去，她越想越感到后悔，今天不该与阿普兰塔沃斯伯爵那么亲密。但是他突然出现在自己眼前：如果她能预见到这次会面，她一定会慎重地为自己设定一套行为准则！芭芭拉想到自己的无所节制，急得浑身冒汗，虽然埃德蒙回来的机率渺茫，但她也决意要坐等到半夜，以示对自己的惩罚；虽然丈夫很可能明天才能到家，她还是吩咐人把晚餐摆好。

几个小时过去了,除了风吹树叶发出的沙沙声外,悠韶特完全沉浸在寂静之中。然而,快到十二点钟的时候,芭芭拉突然听到外面有马蹄和车轮驶来的声音,芭芭拉知道肯定是丈夫回来了,因此立刻起身前往客厅去迎接他。但是她站在那里却没有一丝胆怯。与阿普兰塔沃斯伯爵的偶遇,他的音容笑貌还停留在她的脑海中,而她的丈夫埃德蒙却由此被掩盖在脑海的深处。

尽管如此,她向门口走去。紧接着,一个身形闪了进来,她只是仿佛认出了丈夫的轮廓。她的丈夫裹着一件敞怀黑斗篷,头戴低檐帽,一幅外国人的装束,再不是离开时那个年轻的英国小伙子了。当丈夫继续向前,走到光亮处,她才惊奇地发现,丈夫还戴了一个面具,她的内心突然一缩。刚开始她并未注意到面具,面具与肤色颜色很接近,如果不仔细看,还以为是人的面孔。

他肯定是发现了芭芭拉意外见到自己的惊诧,因为很快,他就说道:"我没想就这样来见你——我以为你已经睡着了。你好吗,我亲爱的芭芭拉?"他上前拥抱她,但是并没有亲吻她的意图。

"哦,埃德蒙——真的是你吗?——肯定是你吧?"她说着,双手紧扣。尽管从身形和动作上她认出了丈夫,但是说话的语调和声音都变化很大,听起来就像是一个陌生人。

"我把自己这样武装起来是为了躲避客栈那些好奇的

人,"他低声回答,"我现在去把马车打发走,一会儿再来找你。"

"你是一个人吗?"

"是,我的旅伴留在南安普顿了。"

芭芭拉来到的时候,听到外面马车离开的声音,发现晚餐还摆着。很快,丈夫走了进来,他脱掉斗篷,摘下帽子,但是依旧戴着面具。现在芭芭拉清楚地看到,面具非常特别,是用某种如丝般的软料子做的,颜色很接近肤色,它很自然地贴靠着前额的头发,做工精巧。

"芭芭拉——你的气色好像不太好,"他说着,摘掉手套,握住她的手。

"是的——我一直生病。"芭芭拉回应道。

"这所漂亮的小房子是我们的吗?"

"哦——是,"芭芭拉已经注意不到自己在说什么了,因为摘掉手套握住自己的那只手整个弯曲着,并且还缺少了一两个手指头,而且只有一只眼睛透过面具闪烁着光芒。

"我现在是多么地想亲吻你,我的心肝,"他继续说道,炙热之中夹杂着悲哀,"可是,我不能——在这身装束之下。仆人们都睡觉去了吧?"

"是的,"芭芭拉说道,"不过我可以叫他们起来,你要吃点儿东西吗?"

他说想吃一点,但是不必这么晚了还叫醒其他人。然后他们来到餐桌旁,面对面坐下。

尽管内心恐惧,但是芭芭拉仍然明显地发现丈夫也正在发抖,好像与自己一样,程度甚至超过自己,害怕现在以及即将发生的一切会给自己带来什么阴影。他慢慢靠近芭芭拉,再次握住她的手。

"我在威尼斯请人做了这个面具,"他有些难为情地说道,"亲爱的芭芭拉——我最深爱的妻子——你觉得——你会介意我把它取下来吗?你会因此而嫌弃我——会吗?"

"哦,埃德蒙,我当然不会介意,"她说道,"发生在你身上的一切不幸都应该由我们共同承担,我已经有了心理准备。"

"你确定准备好了?"

"哦,是的,你是我的丈夫!"

"你真的确信我的外表不会对你造成任何影响?"他又问道,语气焦急而飘忽。

"我觉得我还——很确信。"芭芭拉有气无力地回答道。

丈夫低下头,"我想,我多么想你能这样!"他轻声叹道。

接下来,那一刻,大厅里钟表的滴答声清晰可闻。丈夫侧过脸,摘下面具。芭芭拉屏住呼吸,焦急而不安地等着他摘掉面具,她看看他,迅速又把脸转向别处。面具被拿掉了,惊世骇俗的一幕展现在面前,芭芭拉痛苦地闭上双眼,如见到恶魔般,她全身痉挛。怀着巨大的恐惧,她勉强压制住不断涌出的惊叫,紧闭灰白的双唇,强迫自己重新睁开眼睛望过去,但是哪怕再多一眼自己也承受不了,芭芭拉跌坐在椅子旁边的地板上,用双手蒙住了眼睛。

"你连看我都做不到!"他无望地呻吟着,"我就是一个恐怖的怪物,连你也无法忍受!我就知道会是这样;但是我还是心存侥幸。啊,老天为什么如此待我——威尼斯的那些医生为什么要把我救过来,该死的医术!……芭芭拉,请你抬起头,"他接着恳求道,"好好看看我,然后说厌恶我,只要你真的厌恶我,我们之间就可以永久地解脱了!"

可怜的妻子挣扎着,试图让自己镇定下来。他是自己的埃德蒙,没有做错任何事情,他如今饱受煎熬。瞬间而来的深情给了芭芭拉一些勇气,她听到埃德蒙的呼唤,再次抬起眼,注视着这具人的残骸,这张没有皮的面孔。但是这实在超过了她的极限,再次,脸不由自主地转向一边,全身战栗。

"你觉得能慢慢习惯这一切吗?"丈夫问道,"能还是不能!你能忍受这样一具活死尸在自己的身边吗?你说话啊,芭芭拉。你的阿多尼斯[①],心中那无与伦比的美男子,已经变成了这幅模样!"

可怜的小姐,呆立在他的身边,全身除了那双不安转动

[①] 阿多尼斯(Adonis),希腊神话中著名的美少年,维纳斯为他倾心不已,他是每年死而复生,永远年轻、容颜不老的植物神,现在多用来描述异常美丽有吸引力的男子。

的眼睛外都一动不动。她内心仅剩的感情和激发起来的同情此时已经完全被突如其来的巨大恐惧驱赶殆尽，只剩下仿佛见到幽灵般带来的惊悚。无论如何，她也难以接受这就是自己托付终身的那个人——自己曾深爱的那个人；眼前的这个人简直就是怪物。"我不厌恶你，"芭芭拉颤抖着说道，"但是我非常害怕——我被吓坏了！让我自己安静一下。你现在先吃饭好吗？我可以先回房间去——去重新恢复一下我对你的感情吗？我会尽力的，我可以先离开你一会儿吗？是的，我一定会尽力的！"

她的目光一直在躲避，说完话，还没等威乐斯回答，惊恐的女人就蹑着手脚挪到了门口，走出厨房。她听到丈夫在桌子旁坐下，似乎开始吃饭了。只有上天知道，这次见面已经验证威乐斯心中最坏的猜测，他哪里还有胃口吃东西呢？芭芭拉爬上楼，走进卧室，跪在床边，把脸深深地埋进床单里。

她就这样待了一会。卧室位于厨房上面，芭芭拉刚跪下时就听到威乐斯往后推椅子，然后走去大厅。用不了五分钟，那个人就会上楼来，又一次站在她的面前；只是，这具陌生而可怕的躯壳哪里是自己的丈夫。漆黑的深夜寂静得可怕，没有仆人，没有朋友，芭芭拉失去了控制，上楼的声音一响，她立刻抓起手边的一件斗篷，冲出房间，一直跑到走廊尽头的楼梯，跟跄下楼，撞开后门，冲出了宅院。她不知道自己在做什么，直到发现自己身处花房之中，蜷缩在一个花架之上，意识才恢复过来。

她整个人一直在这个时有田鼠出没的地方呆着，裙子紧裹着身体，双眼圆睁，紧盯着面向花园的玻璃窗。心里打鼓，害怕那个脚步声会突然出现。丈夫的声音，曾经是她内心最渴望听见的声音，那是如音乐般触动她灵魂的声音。然而，埃德蒙·威乐斯终究没有走过来。这个时节，夜晚已然很短，没多久天就要亮了，很快就能见到清晨的第一缕阳光了，到了白天，自己就不会那么害怕，自己应该就可以去见他，习惯那骇人的场景了。

因此，年轻的小姐内心挣扎着打开了花房的门，沿着来路返回房子。她猜想自己可怜的丈夫此时可能正躺在床上熟睡，长途跋涉肯定把丈夫累坏了，因此进门时她蹑手蹑脚，尽可能地不发出声响。房子一切如故，跟离开时没有什么变化。她在大厅里巡视丈夫的斗篷和帽子，一无所获，还有丈夫的那只小箱子也不见了，这是丈夫唯一随身携带的，其他大件行李都留在南开普敦，计划随后随公路货车送过来。她鼓起勇气走上楼，卧室的门和她出去时一样敞开着。她哆哆嗦嗦地向内张望，床上没人，也没有人躺过的痕迹。也许是在厨房的沙发上，她下楼来到厨房，依然没人。桌子留下没有动过的盘子，旁边放着一张字条，可见是匆忙之中写在小笔记本的一页纸上的。纸条大概写着：

"我永远钟爱的妻子——我这副骇人的样貌让你如此害

怕是我曾经预测到的,我曾幻想结果不是这样,但是从事实来看,这样的奢望是如此愚蠢。我知道,人类的爱是无法承受这样一种灾难的。我承认,我曾经以为你对我的爱是神圣超越一切的,但是,长时间的分离,已经使昔日的热情难以战胜见面时的抵触。我的这次尝试失败了,我不怪你,也许这样的结果更好一些。再见了。我会离开英国一年,一年之后,如果我还活着的话,会再来见你,到那时,你再次确定自己的真实感情,如果还是无法接受我,那么,我将永远离开你。埃·威。"

从震惊中恢复过来,芭芭拉感到非常后悔,认为自己不可饶恕。自己本应该怜悯他受的这些苦难,而不是屈从于眼中之物,如孩子般幼稚。芭芭拉首先想到的就是去找他,把他追回来,因此到处打听,可没有人见过他,他悄无声息地失踪了。

此外,昨晚的一切已经扎根于她的头脑中。芭芭拉被吓坏了,如果她仅仅是出于做妻子的本分而去劝说他回家,估计他也不会回来。芭芭拉找到父母,把发生的一切告诉了他们,很快,这些事情就传开了。

一年很快过去了,威乐斯并没有回来,甚至都不知道是否还活着。芭芭拉常常后悔自己当初没能控制住对他的抵触,她想修建一个教堂侧廊或者竖立一块纪念碑,把自己剩下的时光都用来做慈善。为此,她专门向一位每个礼拜天都站在十二英尺高坛上布道的牧师求教，她从未缺席过布道会。但是他只是正一正假发，轻轻地磕一磕鼻烟壶，却无法满足芭芭拉的心愿，那个年代大家对宗教就是这样不热衷。在十八世纪的教堂根本不需要什么侧廊、尖塔、前廊、东窗、十诫板条、狮子和独角兽、铜烛台之类的东西来为思绪混乱的灵魂寄托哀怨，这与我们现在所生活的幸福时代截然不同，如今，每天都有邮件呼吁你捐献这些东西，而且，几乎所有的教堂看起来都像是由一个个新的便士堆积起来的。可怜的芭芭拉的愿望没能实现，内心依然得不到安宁，因此，她下定决心至少要把善行坚持下去，这个心愿倒是很快就得以满足，每天早晨克里斯登地区衣衫最褴褛、最游手好闲、烂醉如泥、一无是处的流浪汉都挤在她家门前。

但是，人心是善变的，就如同那墙上的藤蔓一般。随着时光的流逝，丈夫依旧音讯全无，而母亲和朋友常常和她念叨，"好啦，事情到如今这一步已经算是最好的结果了"。一开始芭芭拉听到这样的话还会愤然离去，慢慢的，她自己也习惯了。实际上，她自己也开始这样想，因为即使到了今天，每当想起那个面目全非、残缺不全的身影，她依然忍不住会全身颤栗。而当再往前，想起自己的新婚时光，那个站在自己身边的英俊男子，心头又会涌起柔情。如果当初是那个鲜活的他出现在自己眼前的话，这种感情会变得更加强烈。可惜，自己当时年轻没有经验，在他回家的时候，她还没有从少女时代的那种想入非非中摆脱出来。

但是，他再也没有回来，每当想到他对自己的承诺，如果活着，还会再回来一次，芭芭拉就会接受丈夫已不在人世的事实，因为威乐斯是一个信守诺言的人。芭芭拉的父母也这么认为。此外，还有另外一个人，阿普兰塔沃斯伯爵也是同样的看法，那个老练、机敏而又不露声色的男人，如同家族墓碑上的祖先一样，哪怕是在熟睡之中，他也会保持七分的警觉。阿普兰塔沃斯伯爵那时还不到三十岁，这样一个年纪，但是当听说芭芭拉见到丈夫被吓得魂飞魄散、仓促出逃的情形时，他却像六十多岁一般，发出阴鸷的笑声。但是他也确信，尽管情感上难以接受，但是威乐斯肯定还要回来，十二个月之后还会来认领那个闪着大眼睛的妻子，那可是他的财产。

既然丈夫不在身边，芭芭拉就离开了父亲给她的那所小房子，搬回契恩庄园。慢慢的，自己与埃德蒙之间的一切仿佛变成了头脑发热时做的一场梦。就这样，月复一月，年复一年，在芭芭拉私奔之后已经冷却的伯爵与契恩庄园的交情逐步得到了恢复，伯爵又成了契恩的常客。每当伯爵有改造自己的诺林伍德庄园的任何想法，不管大小，他都肯定要先到契恩庄园咨询约翰爵士，因此经常与芭芭拉见面。芭芭拉也开始习惯他的存在，时不时和他聊聊天，仿佛他是自己的兄长一般。逐渐的，芭芭拉甚至开始有些崇拜他，为他的果敢、机智和领导力折服。虽然伯爵因为在法庭上对偷猎者、走私犯和拿萝卜的小偷极尽苛罚而备受大家诟病,但是芭芭拉坚决维护他,认为这些传闻都是对他的误解。

日子这么一天天过去,一晃芭芭拉的丈夫已经离开很多年了,大家都认为他已经死了。阿普兰塔沃斯伯爵自然而然地重续前缘,尽管芭芭拉并不爱他,但是如同那香豌豆和随风飘摇的植物需要倚仗一枝粗壮的枝条才能繁衍茂盛一般,她也不能形影相吊,独自攀援。现在,她年长了几岁,也认为,相比于名声颇好的普通市民的后代,肯定,守护着耶路撒冷圣地的古老撒克逊人①的贵族的后代更加适合做丈夫。

约翰爵士同时也告诉她,从法律上讲,她已经是一个寡妇了。简而言之,阿普兰塔沃斯伯爵向芭芭拉求婚,芭芭拉就嫁给了他,而伯爵也从来没有要求芭芭拉承诺能像爱威乐斯一样爱他。我小的时候认识一位老太太,老太太的妈妈就是这场婚礼的见证者。据说,婚礼当天,傍晚十分,阿普兰塔沃斯伯爵和夫人一起乘坐一辆四轮马车离开了约翰爵士的庄园,伯爵夫人穿着银绿相间的礼服,戴着一顶时髦的帽子,上面点缀着羽毛。不知道是不是因为绿色礼服和她的肤色不搭配的缘故,看上去伯爵夫人的脸色有些苍白,而没有高兴

---

① 撒克逊人指的是中古时代的阿拉伯人,在第七世纪时期,并在150年之间建立了一个广阔的帝国。在先知罕默德的带领下,意图改变全世界的宗教和政治版图。

的感觉。结婚后，伯爵带着夫人去了伦敦，在那里度过了一段非常快乐的时光，之后他们便返回诺林伍德庄园，就这样，一年的时光过去了。

在结婚之前，伯爵对于夫人并没那么炙热地爱自己这件事，似乎并不在意。"只要让我拥有你就足够了，"伯爵曾经说，"其他的我都能接受。"但是如今看来，伯爵正是因为妻子缺乏热情而恼怒，而心怀怨恨，因此两个人在一起的时候，妻子十分痛苦，找不到话说。伯爵头衔计划传给一位远亲，伯爵对这个人的品格和行为都非常厌恶，他下定决心要传给自己的直系亲人，可是伯爵夫人就是不怀孕，为此，他多次责备芭芭拉，斥责她没有一点用处。

日子了无生趣。直到有一天，芭芭拉收到了一封来信，写信人尊称她为威乐斯夫人，从一个让人意想不到的地方寄给了阿普兰塔沃斯伯爵夫人。一位意大利比萨的雕刻师，写信通知她，威乐斯先生定制的那尊与本人一样大小的雕像已经搁置的太久了，雕刻师并不知道她已经再婚了。当初威乐斯离开那座城市的时候要求先把雕像放在那里，说以后会写信要求邮寄，但是直到现在，那座雕像还在工作室里面。雕像的佣金还没有全部付清，雕像占了很大空间，所以雕刻师请芭芭拉能够把欠款补全，然后，自己就把雕像邮寄到指定地点。伯爵夫妻关系平淡，因此芭芭拉平时也有一些小秘密（不过是些没有什么坏处的秘密），于是她回复了信件，补全了欠款,并告诉雕刻师立刻把雕像邮寄过来,不过所有这一切,她一个字也没有对阿普兰塔沃斯伯爵说起。

说来也巧,就在雕像运往诺林伍德期间,芭芭拉意外地听说埃德蒙已经死了,这是她第一次得到关于威乐斯的确切死讯。几年前,在威乐斯离开家大概六个月的时候,因为一点不舒服,加上身体和精神上的双重创伤,导致他最终客死他乡。威乐斯在英格兰某个地方的一个亲戚写信把事情简单地告诉了芭芭拉。

芭芭拉对威乐斯的不幸遭遇深感同情,同时又对自己充满自责,为什么当初自己就不能把他那天赋的容貌刻在记忆深处,以此来战胜对他毁容之后的恐惧呢?芭芭拉甚至会想,那个令人恐惧的人已经离开了这个世界,那从来就不是她的埃德蒙;哦,如果最后那次见到的他还如之前那么英俊该多好!没过几天,一个早晨,芭芭拉和丈夫正在吃早餐的时候,由两匹马拉着的一辆四轮马车绕到了屋子后面,车上放着一个巨大的运货箱子。送货人来告诉他们说收货人写的是伯爵夫人,箱子上贴着"雕像"的标签。

"那是什么?"阿普兰塔沃斯伯爵问道。

"是可怜的埃德蒙的雕像,那是我的,但是一直没有寄过来,"伯爵夫人回答道。

"你准备把它放在哪儿?"伯爵问道。

"我还没想好,"伯爵夫人说,"哪都行,只要不碍你的眼就行。"

"哦，它不会碍我的眼的。"伯爵说道。

雕像被放到了房子后排的一个房间里，他们两个人一起过去看。雕像和真人一样高，用最纯正的卡拉拉大理石雕刻而成，场景是埃德蒙与芭芭拉分别，准备出发游历时的样子，他依旧是那样的英俊潇洒，每一根线条，整体轮廓，无不完美展现着他的男子气概。雕刻家真是逼真地刻画了埃德蒙的一切。

"真是太阳神阿波罗再现，"阿普兰塔沃斯伯爵说道，在此之前，他从来没有见过威乐斯，无论是本人还是照片。

芭芭拉没有听到丈夫的话。她站在第一任丈夫面前，恍如隔世，甚至忘记了身边还站着另外一位丈夫。此时，她已经完全忘记了后来威乐斯那扭曲的面容，而完全被眼前完美的男人所占据，这才是她曾经爱过的那个人，爱与真本应该永远地眷顾这副容颜，可惜，造化弄人。

直到阿普兰塔沃斯伯爵粗鲁地说，"你准备一个上午都傻站在这里崇拜他吗？"芭芭拉这才起身离开。

之前，伯爵一直不知道埃德蒙长什么样子，如今知道了，他总在想，如果自己当初就认识他，那不知道要嫉妒成什么样子。到了下午，伯爵回到庄园，发现妻子在画廊里，雕塑也被搬到这里了。

和早晨一样，芭芭拉又陷入了幻想之中。

"你在干什么？"伯爵问。

芭芭拉吓了一跳，转过身来，"我在看我的丈——我的雕像，看看做工如何，"她结结巴巴地说道，"不能么？"

"没什么不能看的，"伯爵说道，"你准备怎么处理这个怪物？你不能一直把它放在这里。"

"我也不想这样，"她说道，"我会找到地方的。"

芭芭拉有一个单独的房间，里面有一个窄长条。接下来的一周伯爵有事外出，她便雇了几个工匠，指示他们把窄长条的空间封了起来，在外边安上一扇镶嵌护板的门。她把雕像放在里面，并加上门锁，钥匙放在随身口袋里。

丈夫回家后发现画廊里的雕塑不见了，以为是妻子顾忌自己的感受把雕像挪走了，所以什么话也没有说。不过，他觉得妻子脸上流露出的神情很奇怪，自己从没见过，也说不清，好像是一种无言的喜悦，又像是一种深藏的幸福。他不知道雕像被放在了哪里，好奇感越来越强烈，他到处留意，直到突然想到她的那个单独房间，于是径直走了过去。敲门之后，他听到关门的声音，接着是钥匙锁门的声音，但当他走进房间之后，却发现妻子正坐在那里编织。阿普兰塔沃斯伯爵的目光落在了那扇新漆过的门上，之前那里是一个壁龛。

"我不在家的时候你请木工做活了，芭芭拉。"他漫不经心地问。

"是的，阿普兰塔沃斯。"

"为什么拆掉原来漂亮的壁龛拱顶而做这么一个不伦不类的隔断呢?"

"我需要一个大点的衣橱;另外,我想这是我自己的房间——"

"当然了。"他回答道。阿普兰塔沃斯伯爵现在知道威乐斯的青年雕像到底被放在哪里了。

一天晚上,或者说是刚过午夜不久,他发觉身边的伯爵夫人不见了。他不是一个敏感的人,也不喜欢胡思乱想,所以也没多想就又睡着了,第二天早晨,他就把这件事忘掉了。但是没过几天,晚上再次发生了同样的事。这次,他坐起身来,不过还没来得及下床去寻找,夫人就自己回到了卧室,身上穿着睡裙,手里拿着一支蜡烛。芭芭拉走到床前,把蜡烛吹灭,她以为丈夫还在熟睡。从呼吸中可以发现芭芭拉的情绪波动甚是奇怪,不过,伯爵假装睡着了。很快,芭芭拉上床躺下,他假装刚刚惊醒,随便问了夫人几句,芭芭拉随口应到,"是的,埃德蒙。"

阿普兰塔沃斯伯爵十分确定,芭芭拉每天晚上都要离开卧室,而且绝不止自己看到的那几次,如此怪事,伯爵决心要探个究竟。于是第二天半夜,他假装睡着,没多久,芭芭拉就悄悄地起床,在黑暗中走出房间。伯爵披上一件衣服,紧紧跟着芭芭拉,走到走廊的尽头,芭芭拉用火石打着火,平时在卧室里是听不见到这里火石打火的声音的。伯爵闪身进入一个空房子，看到芭芭拉点着了一根蜡烛，向属于自己的那个房间走去。一两分钟之后，伯爵也跟了上去，走到那个房间外，他发现，那个私密的壁龛已经被打开，芭芭拉站在里面，立在雕像前面，两只胳膊紧紧地环绕在埃德蒙的脖子上，她用嘴唇贴着雕像的嘴唇，睡衣外的披肩已经滑落肩头，白色睡袍掩映着芭芭拉那苍白的脸，她整个人仿佛雕像一般，拥抱着另外一座雕像。芭芭拉不停地亲吻着埃德蒙的雕像，还不时喃喃自语，满眼尽是柔情蜜意。

"我的唯一爱人——我怎能对你如此残忍，我的完美爱人——你如此善良而诚实——我永远忠实于你，虽然表面上没办法如此！无论白天，还是夜晚，我的心永远属于你——，我的梦里只有你！噢，埃德蒙，我永远属于你！"诸如此类的情话，偶尔伴随着啜泣声，眼泪不断散落，头发蓬松，原来芭芭拉的内心是拥有强烈的感情的，阿普兰塔沃斯伯爵做梦也没有想到她竟会如此。

"哈，哈！"他心里想，"这就是我为什么总是愿望落空的原因——为什么我没办法得到继承者——哈，哈！这可真要小心了，必须的！"

阿普兰塔沃斯伯爵一旦要谋划什么，立刻就显出了他狡猾的本质。面对如此情形，他可从未想过要通过一往情深来挽回夫人的心，但他也没有立刻冲进屋子，粗暴地惊吓妻子，而是悄无声息地退回了卧室。当伯爵夫人回到卧室时，过度悲伤哭泣使她浑身颤抖。伯爵假装与之前一样一直在熟睡。但是,从第二天早晨开始,他就谋划反击策略了。他打听到了当初陪同妻子第一任丈夫外出游历的那位导师的地址,发现那位老先生现在是一所文法学校的校长,离诺林伍德并不是很远。他在知道后立刻就赶往那里,拜见那位老先生。那位老校长很高兴能有这么一位位高权重的访客,愿意跟伯爵说任何他想要知道的事情。

在寒暄几句学校的情况和发展之后,伯爵说明来意,说知道校长曾经和一位不幸的威乐斯先生一起游历了很长一段时间,威乐斯发生意外的时候校长也正好在现场。他,阿普兰塔沃斯伯爵,很想知道当时到底发生了什么事,自己一直关心这件事。于是,伯爵知道了整个事情的经过。后来,随着聊天的不断深入,校长亲自画了一张威乐斯烧伤后的头像,并充分解释画像中的各伤处的细节。

"这真是难以想象,太可怕了!"阿普兰塔沃斯伯爵一边说,一边把画像拿在手中,"既没有鼻子也没有耳朵!"

就在那个星期的某一天,当伯爵夫人回娘家探望自己父母的时候,阿普兰塔沃斯伯爵从附近镇子上找来了一个平民,同时可以做广告绘画和精巧机器的活计。伯爵要求他必须对所做的事情保密,为此,他承诺支付更多酬劳。壁橱的锁被打开了,兼具精巧机械和绘画技艺的匠人,对照着伯爵塞进他口袋的那张图像,按照伯爵的指示,在仿佛如阿波罗般威武的雕像上忙活了起来。凿子一下下落在火灾烧伤的地方，残酷地摧毁着雕像的容颜，无情地凿落之后，再根据人的面色涂上颜色，使雕像更加栩栩如生，仿佛刚在大火灾中逃生出来一样，更加震人心魄。

六个小时后，工匠离开了。阿普兰塔沃斯伯爵看着最终的成品，一边冷笑，一边自言自语道，"用雕像来展现他活着的样子，对，这才是他的样子。哈哈！这就对了，等着看效果吧。"

伯爵用一把万能钥匙把门关好之后，就动身去接伯爵夫人。

当天晚上，芭芭拉睡着了，可是伯爵却一直醒着。据说，芭芭拉在梦中还喃喃说着温柔的话。伯爵知道，这些甜言蜜语都是她在梦中说给另一个丈夫的，绝不是担着丈夫名义的自己。梦终人醒，阿普兰塔沃斯伯爵夫人起身离开，重复着往常夜晚的活动。丈夫静静地躺在床上，侧耳倾听。山形墙上的挂钟敲响了两下，伯爵夫人走了出去，门半开着，她穿过走廊来到尽头，如同往常一样，在那里打着了火儿。夜晚如此安静，他在床上都能听到她打着火之后轻轻吹灭火绒的声音。她继续走向自己的房间，之后，他仿佛听到了，也可能是想象到,钥匙打开壁橱的声音。紧接着，一阵刺耳的尖叫，从那个方向破空而来，在房子的各个角落回荡。接着，又是不断地尖叫声，同时，好像有什么东西摔倒在地上。

阿普兰塔沃斯伯爵立刻从床上蹦了起来。他顺着走廊快步来到了妻子房间的门口,门半开着,在烛光中,他看到可怜的伯爵夫人身穿睡裙,瘫软在壁室的地上。他赶忙来到她身边,发现她已经晕了过去,事情没有预想的那么糟,伯爵松了一口气。他赶紧关上壁橱的门,把雕像锁了起来,然后抱起妻子,几分钟后,夫人睁开了眼睛。她把脸紧紧地贴在伯爵的脸上,一句话也没有说。伯爵把她抱回房间,为了驱散她心中的恐惧,他一边走一边在她耳边大笑,但是笑声中奇怪地混杂着刻薄、怪癖和残酷。

"嗬——嗬——嗬!"他说道,"害怕了吗?亲爱的,嘿!真是跟孩子一样!这不过是个玩笑,芭芭拉——一个了不起的玩笑!但是小孩子半夜是不应该一个人走到壁橱里面去找亲爱的亡人的鬼魂的!如果非要去,肯定会被他的那副容颜吓坏的——嗬——嗬——嗬!"

回到卧室的时候,伯爵夫人已经安静了下来,只是神经依旧很脆弱。伯爵语气严厉地说,"亲爱的,现在回答我:你还爱他吗——嗯?"

"不——不!"伯爵夫人结结巴巴,哆哆嗦嗦地答道,双眼圆睁,紧紧地盯着自己的丈夫,"他太恐怖了——不,不!"

"你确定吗?"

"非常确定!"可怜的伯爵夫人精神已经崩溃了。在自然反弹作用下有所恢复,当第二天早晨伯爵再次询问,"你现在还爱他吗?"

在伯爵的凝视下,夫人有些胆怯,回答有些犹豫。

"上帝,看来你还爱着他!"伯爵继续说道。

"这只是表明我不愿意撒谎,我也不想惹你生气。"她回应道,维护着自己的尊严。

"那么我们就再去看他一眼?"说着,伯爵猛然抓住夫人的手腕,转过身,就要拉着她前往那个恐怖的壁橱。

"不——不!哦——不!"她大叫起来,想从伯爵手里挣扎出来,显然,昨天晚上对她造成的恐惧和脆弱心灵的创伤是多么严重,远远超出外表勉强表露出来的坚强。

"再来上一两剂,她就能被治好。"伯爵自言自语地说。

伯爵和夫人感情不和已是众所周知的事情,所以伯爵很容易就把这件事情遮掩过去了。当天,伯爵叫来四个人,拿着绳子和滚筒,进入夫人的那间房。进去以后,他们发现,壁橱敞开着,雕像的上半部分被帆布包裹了起来。伯爵吩咐他们把雕像抬到卧室里。再后来,就是众人的猜测居多了。我所听到的版本是这样的。那天晚上,伯爵夫人与伯爵一起回到卧室,看见一个新搬来的深色大衣橱被摆放在帷柱床的角上,不过夫人并没有问搬过来做什么用。

"我一时心血来潮。"还没有点燃蜡烛,伯爵向夫人解释说。

"是吗?"夫人回应道。

"在这里安置一个小小的神龛,暂且这样叫吧。"

"一个神龛?"

"是的,纪念我们共同的崇拜者——呃?我给你看看里面是什么。"

伯爵拉了一下遮挡在床帏后边的绳子,大衣柜的两扇门缓缓打开,里面没有隔板,恰好可以放下那个可怕的雕像。它像当初在夫人的房间里一样,直立在那里,不过两侧已经被点上了两支蜡烛。烛光照耀下,那个残缺不全的雕像变得更加生动鲜活。"啊!快拿走——请拿走它!"夫人苦苦哀求。

"什么时候你最爱我,我就把它拿走,"伯爵平静地回答,"你现在还不是很——呃?"

"我不知道——我觉得——哦,阿普兰塔沃斯,请你对我仁慈一点——我受不了它——哦,你可怜可怜我,快把它拿走吧!"

"胡说,看习惯就好了。再看一眼。"

简言之,他就让壁橱的门开着,立在床边,两边的蜡烛燃着,而如此恐怖的展示却有着奇特的吸引力,伯爵夫人躺在那里,却在一种变态的好奇心的驱使下,在他反复的催促下,她真的又从床单下面探出头来,哆哆嗦嗦地,把眼睛盖上,然后又睁开,还一直在求他把雕像拿走,否则她就要被逼疯了。但是他还不会就此罢手,就这样衣柜的大门一直到了凌晨才关上。

第二天晚上，同样的一幕又开始了。他坚决要实施这种残酷的矫正办法，继续折磨可怜的伯爵夫人，直到她那脆弱的神经在痛苦中颤抖，她的爵爷虽然对她狠加折磨，却是德行高尚，是为了把她那颗叛道离经的心收回来，成为一个忠贞不二的妻子。

第三个晚上，相同的一幕又开始了，她躺在床上，眼神迷乱，盯着眼前这恐怖而又让人着迷的一幕，突然，她很不自然地大笑起来，她越笑越厉害，盯着那个雕像，慢慢地，一边笑一边尖叫：突然，笑声戛然而止，他发现她已经不省人事。他以为她晕了过去，但很快就发现情况比预想的糟糕，癫痫发作了。他吓了一跳，如今眼前的这一幕也让他十分懊恼，感觉自己为了自己的利益，行为有些过火了，很多富有心计的人都是如此。他所具有的爱的能力此刻也被点燃，虽然这只是一种自私的占有，而不是真切的关怀。他拉动滑轮关上了衣柜门，把她紧紧抱在怀中，温柔地把她抱到窗户前，想尽一切办法让她苏醒过来。

过了好久，伯爵夫人悠悠醒来。然后，突然情绪巨变，紧紧地搂住伯爵，颤抖，大口地喘息，像个哈巴狗似的不断地吻他，最后突然大哭起来。她从来不曾如此惊天动地地哭过。

"最最亲爱的，你肯定会把它搬走吧——求你一定把它搬走！"她可怜地祈求。

"只要你爱我。"

"我爱——啊,最真心的爱!"

"还要恨他,永远记住他是这个样子。"

"一定——肯定记住!"

"彻底地?"

"我永远也不会想起他的样子!"可怜的伯爵夫人痛苦着,顺从地说道,"我会感到羞耻——我怎么能堕落到这种地步!我再也不会那样了,阿普兰塔沃斯,你不会再把那个让人憎恶的雕像放到我面前了吧?"

终于,伯爵觉得满意了,可以答应她了,于是说道,"不会了。"

"我一定只爱你一个人,"她急切地表明心意,生怕再次受到那样的折磨,"而且,我保证以后再也不会有任何违背结婚誓言的想法,连做梦都不会。"

说来也怪,这种通过恐吓方式强行获取的爱,经过进一步强化,并形成习惯之后,竟好像真的慢慢地变成了真情实感。夫人对伯爵的驯服和依恋与日俱增,同时对前任丈夫的回忆也越来越厌恶。雕像被移走,这种变态的依恋更加厉害,而且随着时间的推移与日俱增。恐惧竟能如此改变一个人的脾气秉性,恐怕也只有学识渊博的医生能说得清原因了。不过我想,能够如此逆转本性的例子并不多见。

最终的结果是,持久的治疗竟然慢慢地带来了新的隐患。

伯爵夫人开始整天粘着伯爵,一刻也不能离开伯爵的身边,单独的起居室也不要了。尽管突然发现伯爵靠近自己,伯爵夫人会突然惊颤,但是之后,夫人的目光一刻也不想离开他。如果伯爵驾车出门,夫人就要跟着一起去,如果伯爵对哪位女性稍微表示一下客套,夫人就会神经质地醋意大发。总之,伯爵夫人变得无限钟情,当然,对伯爵来说自然而然就成了巨大的负担,个人的时间没了,自由也没了,这让他痛苦不堪,只能整天骂骂咧咧的。当伯爵对夫人语气稍微重一点,夫人就会把自己封闭起来,没有反击,而是逃避到自己内心的精神世界。当然,绝不是那个曾经带给她快乐的与另外一个人的情感世界,因为那里已经冰冷得如熄灭的炭灰一般。

自此,软弱的伯爵夫人内心惶惶,终日对变态而冷血的男人趋奉迎合、委曲求全;如果不是因为她父母卑劣的志向和那个时代的传统,她的生活目标可能会更崇高一些。之后,她的生活很快发生了新的情况,六个、八个、九个、十个……简言之,伯爵夫人在之后的八年里,一共给伯爵生了十一个孩子,可惜的是,约有一半早产,刚出生没几天就夭折了;最后,只有一个女孩幸存下来,长大成人;长大后,这个女孩儿嫁给了受人尊敬的后来受封为奥梅恩勋爵的白顿莱先生。

所有的儿子终究都没能有一个存活下来继承爵位。最后,阿普兰塔沃斯伯爵夫人的身体和精神都垮了,伯爵带她去了国外，希望国外温暖宜人的气候能对她那羸弱的身体有点好处。可惜，终究没什么效果，她的状况太差了，在到达意大利之后仅仅几个月，她就死在了佛罗伦萨。

　　让大家没想到的是，阿普兰塔沃斯伯爵并没有再娶。他已经养成了乖戾、严苛、冷血的个性。伯爵去世之后，爵位传给了侄子，就像大家知道的那样；但是，很少有人知道的是，在爵位传到第六代的时候，庄园主人扩建地基，挖出来一具大理石雕像的碎片，这些碎片被送到很多古董商那里鉴别，古董商们都认为，根据碎片特征，碎片的雕像应该是被损坏了的罗马神话中的萨梯，一个半人半羊的神，或者，也可能是寓言中某个死神的形象。只有当地的一两个居民想到，这些碎片应该是那座雕像的。

　　对了，还有一点需要补充，在伯爵夫人去世之后，曼彻斯特市的教长曾经做过一次非常出色的布道，尽管没有指出名，但是布道的主题就是刚才所说的这件事。他深刻地指出，仅仅因为外表而肆意滋生情欲是多么愚蠢的一件事情，只有基于人性道德之上培养出来的情感才理性而高尚。故事中这位优雅但肤浅的夫人，毫无疑问只是由于年轻，一时迷恋威乐斯的外表嫁给了他，结果造成了这样的悲剧。更可悲的是，据说，威乐斯的出色之处都远远超过他英俊的外貌，有证据表明，他拥有执着笃定、聪明睿智的本性，本应拥有大好的前途。

听了这个故事，众人纷纷感谢老医师。乡村牧师说自己没想到会听到如此非同寻常的故事。俱乐部的一位总是被大家称为"书虫"的元老感慨说，当男人以某种英勇的方式离开这个世界之后，女人往往会忘记他的缺点，一直倾心于男人，不管是生活上的或者是其他方面的，这源于女人忠实的天性——除非是某种外力强迫她被迫放弃这种感情，否则，两个人最初的情感以及男人在女人心目中的形象都将会一如既往。之后，大家又讨论了女性所特有的一种能力，就是通常会看到表象之下的本真，梦想之中的现实——而这种能力却是男性所不具备的（这是情绪丰富的那位会员所说）。

乡村牧师认为，老医师的故事所反映出来的更多的是生活中的一种激情，是潜意识里的一种朴素情感。因为这个故事他想起了自己年轻时曾听过的一个故事，比较而言，情感更为接近生活，也进一步印证了自己刚才所说的观点。在他的故事中，女主人公也是一位大家闺秀，同样嫁给了一个身份低微的人。不过他说有点担心相比于老医师的故事，自己的故事要简短得多。俱乐部的人都请乡村牧师讲下去，于是就有了下面牧师的故事。

故事三

斯通亨格侯爵夫人

——教区牧师讲述

我要讲这样一个故事：很多年以前，在离曼彻斯特不到一百英里的一个地方有一座古老的宅邸，里面住着一位漂亮、迷人的小姐。威塞克斯地区的年轻贵族和绅士都在迷恋她、追求她，这宠坏了那位美人，众星捧月般的感觉让她有些飘飘然。不过，就像牧师罗伯特·萨斯说的那样，即使是最爱狩猎的人，如果整天跟着猎鹰和猎犬跑的话，狩猎很快也就会变成一种折磨和灾难，此时，他就会奔向大山和海洋寻找新的乐趣；我们这位高傲而美丽的小姐也不例外。一段时间后，新鲜的感觉逐渐退去，曾经让她陶醉的追求如今变得单调枯燥，让人厌烦。这种厌烦使得她的注意力，从社交层面来说，彻底往"下"转移了。她出人意料地把自己的满腔爱意倾注到一个年轻人身上。这年轻人是她父亲埃文伯爵的地产总管助理,尽管他性情温文尔雅,能言善辩,心地善良,却相貌平平,出身低微,而且毫无社会地位——他只是一个教区牧师的儿子,他的志向也不过是当一名地产总管。当时,村中有一个年轻的姑娘正疯狂地迷恋着这个小伙子,而小伙子对她不过是一种淡然的善意,或许正是这种淡然激发了凯箬琳小姐(大家都这么称呼她)的热情,她感觉新奇而充满激情。

由于工作需要,年轻人经常来庄园府邸四周,凯箬琳小姐就有足够多的机会见到他,和他交谈。她,用乔叟的话来说,就是"一切妩媚尽在心头";而年轻人那颗火热的心,很快就在她的眼神和话语中读到了无限柔情。最初,他不敢相信自己如此好运能博得她的垂青,殊不知她是厌倦了那些矫揉造作的男人;然而,即使是最不解风情的人也迟早会读懂对方眼神中的爱意,何况他是那么的聪明。他变得越来越自信,偶然的邂逅慢慢地变成了商定的约会。很快,两个人独处时已经没有任何拘泥可言了。同所有的情侣一样,他们软语柔情,恩爱无比。只不过,他们的柔情眷恋一丝也没能向外界流露。

在爱的光环下,她对他更感亲昵,他对她更加爱慕。然而,现实让人绝望,结婚没有任何希望,直接放弃却又难以割舍。再三权衡之后,他们决定另辟蹊径——秘密地结婚,不过表面上还像以前一样。

有一天机会终于来了。借着凯箬琳小姐去探望姨妈的机会，他们私下结成了至死不渝的夫妻，而家里人对发生的一切全然不知。当凯箬琳小姐回到府邸时，步伐轻盈而坚定。现实中，年轻的小姐仍然驾着豪华的马车处处受人礼敬；而小伙子仍旧跑来跑去，指挥工人砍树，设计花园的鱼池。又有谁能想到他们居然是夫妻呢！

就这样，他们不折不扣地做了一个多月的夫妻。只要时间和地点允许，他们就尽可能地幽会，两个人都感到十分幸福和满足。不过，蜜月后半段，狂野的激情慢慢消退，情况开始有了微妙的变化。对于凯箬琳小姐，她的脑子里有时会涌起一些念头，"我本可以在贵族圈子里挑一个门当户对的恋人，一个男爵、骑士，或者，再聪明一些，找个主教、法官，甚至是更显赫的人，他们很乐意娶我这样的年轻妻子，我怎么会如此轻率地结婚了呢？"尽管她的丈夫年轻、有头脑，读的书也多，但是在社会阅历方面却与她没有一丝共同点；每每想到这些，她就愈加后悔。对于小伙子，如果白天没机会跟妻子独处，他就会在日暮后到她庄园里的闺房去看她。为了方便约会，她设法为他打开了一楼那扇靠草坪的窗户，这样他就可以爬进来，然后顺着房子后面的楼梯进入她的房间，一旦夜深人静，他就能跟自己的妻子约会了。

在一个漆黑的夜晚，年轻人像往常一样通过这条秘密通道来到妻子的房间,他已经整整一天没能见她了!可是还不到一个小时他就起身要离开。

他实在想多呆一会儿,可是这次约会又着实痛苦地让他难以忍受。她晚上说的话深深地刺痛了他,现在在她心中满是她的地位和未来,而他们的爱情已一文不值,她也因而变得高傲、冷淡并且现实。她怎么能这样?年轻人无限惆怅,不知是否因此,他身体突然一阵痉挛,随之大口地喘息;为了能多呼吸点空气,他慢慢地朝窗户边移去,"啊,我的心脏!"他的话语急促而模糊。

他双手按胸,向前挣扎,但是,整个人一下子瘫倒在地板上。她赶紧点燃蜡烛(之前为了防止对面房子里的人看到他进来,他们熄灭了蜡烛),却发现他那颗脆弱的心脏已经停止了跳动,她突然回想起他的朋友们曾经提起过他有心力衰竭的毛病,医生也曾警告他们要小心呵护他的心脏,否则他很可能因此而送命。

虽然凯箬琳小姐经常为教区居民看病,但此时她用尽了一切办法也没能让他有任何好转,他一动不动,手脚渐渐冰冷了。惊恐万分的年轻小姐这才意识到——她的丈夫真的死了!但是,她还是没有放弃努力,尽最后的努力试图挽回他的生命。然而,一个多小时后她彻底地绝望了,他真的死了。她伏在尸体上,心慌意乱,六神无主,不知道该怎么办。

她确实为他的死感到了伤心,不过很快,她就意识到自己处境不妙。她可是一个伯爵的女儿啊！"哦，为什么，为什么，为什么你非要在这个时候死在我的房间里呢？"对着尸体，她满眼哀怨，"即使死，你也应该死在自己家里啊，那样就没人知道这草率的婚姻，也不会有人嘲笑我被爱冲昏了头脑嫁给了你！"

"铛……"，钟声打破了院子的孤寂，已经凌晨一点了。听到钟声，凯箸琳小姐从恍惚中惊醒过来，她迅速站起来，往门口走去，她觉得，要摆脱这可怕的形势，只有叫醒母亲告诉她发生的这一切了。但是，她的手刚触到门把就缩了回来。即使叫醒母亲来帮助她，也有风险，仆人们很可能把这件事召告天下；但是，如果她能一个人把尸体移走，他们的结合就不会被怀疑到。想到社交可免受自己草率行为的影响，还能重还自由之身，这对她来说，毋庸置疑，是一种解脱，因为，正如前面所提到的，她的身份有了约束，她的处境还有一定的风险，这些早已经让凯箸琳小姐焦虑不安了。

她打起精神，匆忙给自己和他都穿上衣服，然后用一块手帕将那双僵硬的手绑在一起，用肩膀扛住他的胳膊，把他弄到楼梯口，顺着窄窄的楼梯下去。到了那个窗户边，她让尸体顺着窗台慢慢滑出去，直到他的身体完全躺在外面的地上。接着，她爬过窗台，让窗拴开着，然后在草地上拖着他往前走，因为是草地，所以发出的声音并不大，像扫地时的刷刷声，她把他拖到树丛下面，重新抓牢那双绑在一起的手，继续往前走。

离开府邸一段距离后,她就敢用全力来拖他了,尽管生得还算健壮,但是凯箬琳已经有些力不从心了;这对她来说可是个不轻的差事。在庄园府邸和村中农舍之间有一片山毛榉种植园,到这儿的时候,过度劳累和惊吓已经让凯箬琳小姐感到有些不支了,她心力交瘁,真害怕自己支撑不住把他丢在半路。她只好停下来休息一下。过了一会,她又拖着沉重的步子继续前进,为了不留下痕迹,她尽可能选择有草地的地方走,最后她终于来到了丈夫家花园的门口,年轻人和他那当牧师的父亲就住在这里。最后的细节凯箬琳小姐已经记不清了,她只是模糊地记得,为了不留痕迹,自己在经过砾石路时把他的尸体整个抱起来,然后放在了他家的门口。因为很熟悉他的往来方式,所以凯箬琳很容易拿到了门栓后面放着的钥匙,并把它放到他冰冷的手中。最后,她在他脸上最后一吻向他作别,眼泪禁不住流了下来。

凯箬琳小姐沿原路顺利地回到了庄园。窗户还是原来的样子,她长舒了一口气。爬进去后,她竖耳聆听,转身关好窗户,悄无声息地溜回卧室,整理好房间后就上床了。

第二天一早,消息飞速传开了——那个和气文雅的年轻人死在了自家的门前,显然,他是在开门的时候心脏病突发倒下的。因为没有太多的谈资,这件事就这样淡然下去了。但是,葬礼后不久,出现了一些流言。一个男人去很远的地方赶马市，回来的时候已经很晚了，在朦胧的夜色中，他看到一个人正拖着另外一个人朝着小屋的方向走去，拖者显然是个女人，而被拖的则非常像刚死去的年轻人。于是，有人仔细检查了这个年轻人的衣服，发现衣服上处处可见摩擦的痕迹，很像在地上被拖拉过。

此时，美丽机智的凯箬琳小姐有些慌了手脚，她开始犹豫，是不是坦白事情的真相会更好些，可是他们现在还没有任何新的发现，也还没有怀疑的目标，"我该怎么来隐瞒真情呢？"她忽然想到了一个绝好的主意。之前我们曾经提到过，在凯箬琳注意到这个可怜的管家助理之前，村里有一个姑娘深爱着他，这个姑娘是砍柴人的女儿，也是那个小伙子的邻居，不过小伙子对她只是有一丝好感，但是姑娘说不定还在爱着他呢。无论如何，凯箬琳小姐决定要见那个姑娘一面，她要利用自己在父亲庄园里的影响力来实施一个计划以保全自己的名声，这是她现在最关心的事，当初的激情早已抛之脑后，曾经的疯狂更是让她感到羞愧，她甚至希望自己从来都没有遇见过他。

来到教区，她很容易就找到了那位姑娘。只见她面色苍白，神情悲伤，身上穿着一件素淡的黑色长裙——这是为了缅怀他而穿的——她是那么地爱他，虽然他并没有爱过她。

"唉，你失去了你的爱人，梅丽。"凯箬琳小姐说道。

听到这话，年轻姑娘泪水夺眶而出，"小姐，他算不上是我的爱人，但是我爱他——现在他死了，我活着也没有什么意思了。"

"你能答应我保守一个他的秘密吗？"凯箬琳小姐问道，"一个关系到他荣誉的秘密——这件事只有我一个人知道，但——我该告诉你吗？"

梅丽赶忙承诺，的确，她能守住他的任何秘密，因为她是那么地爱他！

"今天日落后半个小时你来他的坟前见我，我把一切告诉你。"凯箬琳小姐说。

在春季暮色的笼罩下，两个年轻的女人站在小伙子的新坟前。出身高贵的凯箬琳小姐特意挑选了这个时刻，在这个肃穆的地方，说出她心中的故事：他们如何相爱，又是怎样偷偷结婚；他如何死在了她的房间里，她又是怎样为了保守秘密把他拖到了他的家门前……

"结婚！？天哪！"朴实的村女惊呆了。

"是的，我们结婚了，"凯箬琳小姐回答道，"这很疯狂，也是一个错误。他本应该和你结婚的。你，梅丽，才真正属于他。可是，你现在却失去了他。"

"是啊，"可怜的姑娘说，"因为这个他们都取笑我，'哈——哈——，小妮子梅丽爱上人家了，可是，人家却不爱你——'"。

"得想法让这些讨厌的家伙们闭嘴，"凯箬琳小姐说，"在

111

他生前你没有得到他，不过如果在他死后你得到了他，那么别人就认定他生前也钟情于你了。这样，你也就能让这些家伙闭嘴了。"

"但是，怎么可能呢？"梅丽惊讶地张大了嘴巴。

年轻的小姐说出了她的计划。她让梅丽对别人说小伙子生前秘密地结婚了（他也的确是结婚了），而新娘就是她梅丽，她就是他的心上人。在小伙子死去的那个晚上，他来梅丽的房间和她相会，不料却因心脏病突发而死去，为了防止被小伙子的父母发现她只好把小伙子拖到他自己家门前。本来她想把整个事情都永远藏在心里，可是最近谣言四起，她只好站出来和大家说明真相。

"可是，我怎么证明这一切呢？"这样大胆的提议更让砍柴人的女儿感到震惊。

"我有足够的证据。如果有人问起，你可以说，因为当时不想被别人知道，所以你们去巴斯市的一个教堂结的婚，你还窃用了我的名字。这点你不用担心，当时我们就是在那举行的婚礼，而且我会帮你的。"

"哦，我不是很想……"

"如果你做了这些，"凯箬琳小姐不容分说地继续说道，"我将永远会是你和你父亲的朋友；如果你拒绝了，那么就是另外一回事了。我会把我的结婚戒指给你，你可以把它当成自己的戴着。"

"小姐，您戴过它吗？"

"只有在晚上的时候。"

这样，梅丽就没有别的选择了，她只好同意了。高贵的小姐从怀里拿出那枚至今甚至还从未公开亮过相的戒指，在她爱人的坟前，抓过女孩的手，把它套在了梅丽的手指上。

梅丽颤抖着低下了头，"我好像变成了一个死人的新娘。"

但是，从那个时刻起，这个少女在情感和灵魂上都真正融入进了她新的身份。在精神上，她感到了一种无上幸福的安宁。在他死后，她似乎真的得到了他，而在他生前，她只能徒劳地醉心于他；她满足了。随后，凯箬琳小姐把丈夫给她的所有的纪念品和小饰品都给了他的新妻子，甚至连一个藏有他的头发的胸针都没有保留。

第二天，梅丽"坦白"了一切，丧服为谁而穿也就真相大白了。很快，他们的爱情故事从村庄传到了乡镇，又传到了更远的曼彻斯特。另外，梅丽自从"坦白"之后在精神上完全沉浸在自己新的身份里，她用凯箬琳小姐给她的钱买了寡妇服，还时常穿着丧服去教堂，她那纯朴的脸在黑纱的衬托下显得更加楚楚动人，村中同龄的姑娘们甚至都有些羡慕她了。她对爱人的去世如此悲伤，都不惜断送自己的青春年华，这样的女人怎么可能会有什么阴谋呢！而且，梅丽的说法与年轻人生前最后一段时间的行踪十分吻合，离奇失踪，突然出现，他朋友们心中的疑团全都解开了，这样就再也没有人怀疑这场秘密婚礼的新娘不是梅丽了。与此相比，事情的真相反倒让人觉得荒谬可笑，凯筹琳小姐的举止是那么的高贵得体，年轻人一向又是那么的谦逊，他们怎么可能在一起呢！因为没有涉及到遗产问题，所以不需要到登记的市教堂去核查当时的签字，当然，更不会有人因为对这个爱情故事好奇而专门跑四十英里去核实当时发生的一切，一切似乎都平静了下来。

不久以后，梅丽以她的名义为丈夫立了一块体面的墓碑，落款为"伤心欲绝的妻子"，实际上是凯筹琳小姐出钱，梅丽出面哀悼，这样的碑铭也算真实，如果落款改为复数"伤心欲绝的妻子们"，那就更准确了。

梅丽感情细腻，性格温顺，身为寡妇的她每天最大的快乐就是来到年轻人的墓前，在悲伤中思念他，她把这当成了一种享受。每天她都要为他更换鲜花，穿着丧服在他的坟前来回踱步，沉浸在自己丰富而生动的想象之中，此时，她觉得自己就是他的妻子！一天下午，当梅丽正在墓前思念丈夫时，凯筹琳小姐和几个朋友恰好从教堂后院的围墙边经过，看到梅丽，她们都饶有兴趣地停了下来观看，面对眼前这感人的一幕，有人就感叹梅丽如此的温柔可人，说他年轻的丈夫生前肯定十分爱他。听到这些话，凯筹琳小姐眼睛里闪过一丝莫名的痛苦，第一次，她感觉自己在嫉妒女孩现有的身份，虽然这是她煞费苦心转给梅丽的。这表明凯筹琳对丈夫的爱意虽已沉眠，但还存有一丝生命，只不过，为了交际，她的爱受到了压抑，变得晦涩起来。

然而有一天，意外出现了。梅丽依旧像往常一样来墓前摆放鲜花，她却发现凯箬琳小姐来了。显然她已经在教堂圣坛后面焦急地等了很久，不过她脸色苍白，神情惶恐。

"梅丽，你怎么才来！该怎么对你说呢？我快要死了！"

"我很为您感到难过。"梅丽迷惑不解地说道。

"把戒指还给我！"凯箬琳小姐说着就去抓女孩的左手。但是被梅丽躲开了。

"你给我！"凯箬琳小姐又说道，几乎是恶狠狠的，"哦——你不知道原因，我后悔死了，我要大祸临头了！"紧接着，凯箬琳小姐在梅丽的耳边嘀咕了几个字。

"啊，我的天哪！"梅丽大吃一惊，"那么，您打算怎么办？"

"你必须告诉所有人，说你之前所说的是一个恶意的谎言，是你编造出来的，是诽谤，是罪过——你就说是我让你这么做来包庇我的！在巴斯市和他结婚的是我！总而言之，我们必须说出真相，要不然我就毁了——我的生命、我的灵魂，还有我的荣誉——全都毁了！"

但是，一切都是有限度的。善良的梅丽已经将自己的心交给了年青人，灵魂都与他结为一体了，她已经改为夫姓，彻底地把他当作自己的丈夫了，无论是在梦中还是在现实中，与人谈起时，他都是自己的丈夫。她怎么能因为这样一个专横的要求而放弃他呢？

"不行！"梅丽几乎疯狂地喊道，"我做不到，我也决不会放弃他！他活着的时候，您把他从我身边抢走了，在他死后才还给我。可是现在，他是我的，我才是他真正的妻子，我爱他，我为他服丧哀悼，我还随了他的姓，可是小姐您却什么也没有做！"

"我是真的爱他！"凯箬琳小姐着急地哭道，"他是我的，我不会让你这样的人得到他的！他是我肚里那可怜的孩子的父亲，我没有其他选择，我必须重新拥有他！梅丽！梅丽！你就不能理解理解我，可怜可怜我么？你怎么这么固执，难道你没看到我现在的处境有多悲惨？！女人——为什么要那么草率，那么沉不住气！我为什么就不能好好考虑一下，等等看呢？不说这些了，快，把我给你的东西都还给我，并且你要保证在我说出真相的时候你也要承认！"

"不！不！"梅丽悲伤而气愤地坚持着，"看看这墓碑，看看我穿的丧服、我戴的黑纱，还有这个戒指，听听大家对我的称呼，你的名声重要，我的也同样重要！自从承认和他的关系后，我就是他的人了，我改随他姓，为他哀悼。现在我怎么能自己再推翻这一切呢，不，我不能做这样不顾脸面的事！要说出来，我的故事更真实，更有说服力，他们相信我而不会相信你的，他们肯定觉得你的话是捏造的！不过，小姐，我求您了，别逼我走到这一步！可怜可怜我，别抢走他！"

这个名义上的小寡妇是那么的痛苦，那么的可怜，凯箸琳小姐的要求对她简直就是羞辱，的确难以接受。虽然凯箸琳小姐也身处困境，这时也不由得可怜她而心软起来。

"是啊，我知道你很为难，"她回答道，"可是，你看我又能怎么办呢？如果你不帮我，他们肯定认为我是在编故事，即使我能出示结婚登记证明，流言蜚语也会掩盖住事实，还是没有人会相信我，他们只会认为我是在撒谎，可是他们会相信你说的话。没有人为我作证，我也不知道那个教堂的名字，我什么也不知道！"

短短的几分钟内，这两个可怜的女人，跟那些处在困境中的人一样，感到团结才是她们最大的力量，于是两个人冷静下来重新商讨对策。经过一番深思熟虑，梅丽像往常一样回家了，凯箸琳小姐也回去了，不过，那个晚上，她对自己的母亲——伯爵夫人坦白了一切，此外，没有任何人知道此事。又过了一段时间，凯箸琳小姐和母亲去了伦敦，再不久，梅丽也去了那里和她们会合。不过，在别人看来，梅丽是去了北方的一个温泉疗养地。庄园里的夫人们非常关心她，觉得她的寡居生活太过孤独无助，所以资助她去疗养一段时间。

第二年初，替名寡妇梅丽回到了家乡，怀里还抱着一个婴孩，而庄园主一家却去了国外。他们直到当年的秋天才回来，而那个时候，梅丽带着孩子又一次离开了她父亲的农舍，他们有了自己的房子，新房子很体面，离她家有一定的距离；此外，从凯瑟琳小姐和她母亲那里，她和孩子还得到了一小笔数目很充裕的钱款来维持生活。

两三年后，凯瑟琳小姐和一位大她很多的贵族结婚了，这位斯通亨格侯爵默默追求了她很多年。他不算太过富有，但是她跟他过了很多年平和安静的生活，可惜的是，他们一直没有孩子。同时，梅丽把那个小男孩当作自己的亲骨肉来抚养，在梅丽的呵护下他慢慢地长大了，健康而结实，大家都称呼他为"梅丽的儿子"。梅丽为这个男孩付出了所有的心血，小男孩也十分懂事，非常爱自己的妈妈。在他身上，她日渐捕捉着他父亲的影子。虽然他已去世多年，但是梅丽还时常想起那个赢得她少女芳心的男人。

梅丽把所有的钱都用在儿子的教育上。凯瑟琳小姐成了斯通亨格侯爵夫人以后给她们的费用从来没有增加，也似乎淡忘了她们，因此梅丽越来越艰辛。她省吃俭用送孩子去城里的文法学校读书，一直到毕业，她把所有的期望都寄托在了男孩子身上。孩子也很争气，二十岁的时候参军进了骑兵团，不像其他人那样混日子，而是非常努力地想要在军队成就一番事业。他才能出众，器宇轩昂，做事沉稳，因此很快就得到长官们的赏识，职位一升再升，又恰好赶上国家打仗，年轻人更是平步青云。战后回到英格兰时他已经升到地区主管了，没多久又被提升为军需主管，这对于一位年轻人来说已经十分显赫了。

他的生母，斯通亨格侯爵夫人，也听说了儿子的成就，作为母亲她感到非常自豪。她开始异常关注起儿子来，随着年纪越来越大，她越来越渴望见到他，特别是侯爵去世她变成一个孤寡的女人以后这种愿望更加强烈。我不知道她是故意去找的还是偶然碰到的，反正有一天，在邻镇郊区，她驾着自己的敞口马车与驻扎在那里的兵营的行军队伍相遇了，她到处搜寻，终于在最好的骑兵队伍里发现了儿子，她一下就认出了他，因为他那么像他的爸爸。

在这之后，她那沉寂多年的母性如潮水般澎湃，不断折磨着斯通亨格侯爵夫人，她深深地责怪自己，为什么能一直把他忽略了呢？为什么自己不拿出爱的勇气承认第一次婚姻，为什么不亲自把他抚养成人呢？有一个高贵而出色的儿子的关爱和保护，那些珍珠王冠、那些黄金宝石又算得了什么呢？这些痛苦，再加上其他的伤心往事，让这个本已忧郁孤独的女人更加伤心。这时她非常后悔自己因为虚荣、傲慢而没有承认自己的第一任丈夫，这种悔恨比当初她懊悔自己因痴迷而嫁给年轻人更加痛苦，更加辛酸。

她要告诉儿子自己才是他真正的母亲！这个念头一旦冒头就再也压制不住了，她觉得自己如果不这样就活不下去了。无论结果怎样她都要试一下，她要去找他，让他离开那个女人，她恨不得马上就去。侯爵夫人觉得自己被遗弃了，她开始仇恨梅丽，是她抢了自己唯一的儿子，是她让自己现在处于这种状况，一切都是她造成的。她信心百倍，她相信儿子一定乐意把一个农妇妈妈换成一个有领地的贵妇母亲，而且现在她想怎么做就可以怎么做，再也没人限制她、过问她的行踪了。因此，斯通亨格侯爵夫人第二天一大早就去找梅丽，这么多年来梅丽一直住在那个小镇，穿着那件黑色长裙，悼念着她年轻时的爱人。

"他是我的儿子，你必须把他还给我，我现在什么也不用顾及了。"当只剩她们两人时，侯爵夫人直截了当地说，"他是经常回来看你吧？"

"每个月都来，夫人，自打他从战场回来之后，一次也不落。有时候还住上两三天，带着我四处逛逛！"她颇感自豪地说道。

"哦，是你放手的时候了，"斯通亨格侯爵夫人尽量保持平静，"这样对你没坏处——你想他了还可以来看他，我会公开承认我的第一次婚姻，让他跟着我。"

"您忘了现在要考虑两个人的意见，我的夫人，不仅是我，还有他。"

"你安排一下。你总不会以为他会——"但是侯爵夫人不想比较两个人的差距，以免让梅丽觉得受到侮辱，于是她接着说，"他是我的亲骨肉，不是你的。"

"亲骨肉算不了什么！"梅丽说道，眼里闪动着一个农妇对一个贵族所能有的一切蔑视，那种不屑的神情达到了极致，"但是，我同意告诉他真相，让他自己作决定。"

"这也是我全部的要求，"斯通亨格侯爵夫人说道，"你必须让他回来，我就在这里和他见面。"

于是梅丽给儿子写了信，他也回来了。知道了自己的身世，他并没有表现得像斯通亨格夫人期望中的那么惊喜，其实，多年前他就知道自己的身世有些蹊跷。他对侯爵夫人的态度只是恭敬，并没有她期待的热情。他要从两个母亲中选一个，而他的回答让她目瞪口呆。

"不，夫人，"军需官说道，"非常感谢您能给我这个机会，但是我更想一切都能维持原状，不管怎么说，我继传了我父亲的姓。夫人，您自己也很清楚，当我脆弱无助的时候您很少关心我，为什么我要在自己强壮之后回到您身边呢？她才是我深深敬爱着的人（他指着梅丽），从我一出生她就照顾我、守护我，我生病的时候她对我百般呵护，我上学的时候她省吃俭用，我当兵的时候她为我担惊受怕，为了我她没过上几天安逸的日子。我没办法像爱她那样去爱任何一个别的母亲。她就是我的母亲，我也永远都是她的儿子！"说着，他就用自己强壮的胳膊搂着梅丽的脖子，深情地亲吻着她。

此时可怜的侯爵夫人就像一下子垮了，"你不认我？！这是要杀了我。"她哽咽着，颤声问道，"你——就不能——

也——爱——我——?"

"对不起,夫人。我那可怜的父亲是那么真诚的一个人,而您还为嫁给他感到羞耻,而今,我也为您而感到羞愧。"

他十分坚定,没有什么能改变,悲伤的侯爵夫人最后叹了一口气,"你——哦,你能不能也亲我一下——就像你亲她一样?这是我最后的请求——所有的——只这么一点。"

"当然。"他回答道。

他亲了她,但是,她感觉那吻是冰冷的,痛苦的谈话也到此结束了。从那天起,侯爵夫人的健康每况愈下,生命开始慢慢地消逝。我不清楚她具体是什么时候去世的,不过,应该是在那次会面后不久,儿子的拒绝让她更加渴望得到他的爱,那种痛苦,远比毒蛇的牙齿还厉害,很快吞噬了她的生命。最终,她还是把自己的故事说了出来,不再顾及这个世界,不再顾及世人的眼光,也不再顾及别人的风言风语了,可她的生命也走到了尽头(对此,我很难过地说,她拒绝宗教的慰藉来减轻痛苦);总而言之,伤心欲绝恐怕就是她如此之快离世的原因吧。

教区牧师讲完之后,听众们像往常一样发表各自的看法。情感丰富的会员说凯箬琳小姐的经历足以说明,在等级分化和社会偏见的迷雾之下,人类真实的情感如何变成一种耻辱,人如何变得如此残忍。凯箬琳小姐是有些可怜,可是她的后代,在还没有长大成人之前,更值得同情。当一个孩子发现自己处在这个世界上，没有人想要他，他也无法明白这其中的原因，这种童年时期所遭受的苦难是任何苦难都无法与之相提并论的。很自然地，下一个故事的主题也随之而出，主题虽然类似，不过更加深化，结局也不同。

故事四

墨提斯奉特夫人

——情感丰富的会员讲述

在威塞克斯所有那些富有传奇色彩的乡镇中，温特赛斯特应该是最适宜思想家居住的地方。在大教堂长长的中殿，你可以慢慢踱步，任由思绪在往昔的岁月中飘舞，不必刻意关注脚下步伐的转回，即使是为了躲避雨水或炎炎烈日而在此踱步整个下午，你也会感觉颇有收获，而不是百无聊赖。向东三百步，再折过来向西三百步，你就融入到一片陵墓的肃穆中。展眼望去，干燥向阳处，国王和主教们化为尘埃；潮湿阴暗处，平民、牧师和普通人在此静静安息；而相恋之人，悠闲自得，指点往昔，加以比较。然后，带着双眸明亮的她漫步于教堂之中，或小礼堂之后。肃穆的氛围也丝毫不能压抑你内心喜悦的甜美和醇厚，反而让这种喜悦蒙上了一层独特而美好的感觉。比起那处处充满生机、成长和丰硕之地，这样肃穆的环境反而让人更能理性地，而不是感性地体会到对生活的感激之情。

就是在这个肃静之地，一对情人，避开家人，在三月某个寒冷的日子，悄悄来到这里。阿希礼爵士向菲利帕求婚，请她成为自己的第二任妻子。女孩的父亲姓欧克浩，不过是一个很平凡的乡绅，因此，菲利帕也不过是个平常人家的女儿；但是阿希礼爵士却有着不小的名气，尽管财富不多。所以，大家都认为，对于这桩亲事，这个普通人家的女孩儿攀了高枝儿。事实上，这位性格温和内敛的姑娘自己更坚信这一点，她非常迷恋他，当与爵士肩并肩地走在之前所说的那个教堂的中殿过道上，她一直有飘飘然的感觉，兴奋地连自己的脚是否踩到了那硬硬的走道上都浑然不觉。阿希礼的求婚让菲利帕欣喜若狂，一颗心简直都要蹦出来了，她没想到上天竟会如此眷顾她，赐给她的爱人如此优秀，这个男人英俊潇洒，又博览天下。

阿希礼爵士全然不同于那些普通而笨拙的乡绅地主，在求婚时含糊而过，而是得体、绅士地提出这个问题。他的措辞仿佛是得到了《埃菲尔德的演说家》这本书的真谛，不过，他说话时犹豫了一下，然后继续说道。

"美丽的菲利帕"（其实她长的没那么漂亮），他说，"我，我必须要告诉你，我还抚养一个小女孩儿：她是一个无家可归的小东西。有一天,骑马回家的时候,在一片野燕麦地里①,我发现了她(这就是这位可敬的爵士的幽默):一个无名无姓的小东西,我希望能照顾她,让她接受基本的教育,直至她长大能自己照顾自己为止。如今她只有十五个月大,由村里一位好心的妇人照看,你不会反对给那个可怜的小东西一点关爱吧?"

我们这位单纯的、深爱着他的年轻女士欣然表示自己将尽全力来照顾那个不知来历的孩子;此后不久他们就结婚了,婚礼依旧在这个教堂里举行,那里似乎还回响着他求婚时的话语。主教亲自主持了他们的结婚仪式,他受人尊敬,经验丰富,对于结合那些有意尝试婚姻的人,他可谓是成绩斐然。那些夫妇凝视着对方,惊奇地发现,懵懂之中,两个人竟这样结为一体了,只留下朦胧的独立的感觉。

婚礼仪式结束之后,他们回到迪恩思乐庄园,从此开始了幸福的生活。墨提斯奉特夫人,果真如之前说的那样,在接下来的几个星期中一直到那个村子去看望女婴,那个她的丈夫在骑马回家的路上神秘获得的孩子——对于他那次有趣的经历,她有一定的猜测;不过,她如此温和,并充满爱心,如果世间没有鲜活的生命,连树桩和石头,她也会付出爱心

---

① 在英语里面有一个俗语为:sow one's wild oats意思为:(年轻时)放荡,纵情玩乐。在这里,阿希礼爵士说自己在野燕麦田里发现了女孩,其实是婉转地表明了自己与她的关系。

的。因此,她并没有追问什么。那个小东西受洗时被取名为多萝西,她非常喜欢墨提斯奉特夫人,把爵士的新婚妻子当成了自己的妈妈;时间一长,菲利帕越来越喜欢这个孩子,她大胆地向丈夫提出,想把多萝西当做亲生孩子,带回家中悉心抚养。丈夫说,尽管有人会因此说三道四,但是他也毫不反对;实际上,妻子能这样提议,阿希礼爵士非常高兴。

在这之后的两三年里,他们住在阿希礼·墨提斯奉特爵士在英格兰的宅邸里,日子平淡而安宁,尽享天伦之乐。这个孩子仿佛就是上天赐予的礼物,因为菲利帕似乎没有孕育的可能,菲利帕也觉得拥有多萝西是上天的恩泽,而多萝西的出身也丝毫没有让她感到烦扰。菲利帕深爱自己的丈夫和那个孩子,她对丈夫温柔体贴,没有一点挑剔,爱得毫不保留甚至有些虔诚;对那个孩子也是如此。对那个弃儿她视如己出地照顾。当她的丈夫外出应酬或者办事时,她把多萝西当作唯一的慰藉;每逢丈夫回到家,看到两个人彼此相爱的情景,非常开心,爵士吻一下妻子,妻子吻一下小多萝西,小多萝西又吻一下爵士,在这三角般的感情迸发之后,墨提斯奉特夫人有时都会说,"天哪——我都忘了她不是我亲生的!"

"那又有什么关系?"她的丈夫会这样回应,"这是上天的旨意,它没有通过其他方式,而是这样,把孩子送给了我们。"

他们的日子过得很简单。曾经的游历经历使男爵渐渐喜欢上了运动和耕作，菲利帕则专心于家务，他们的娱乐活动也仅限于当地。每天，他们晚上早早就会睡下，清晨则伴着马蹄声和赶车人的口哨声起床。他们熟知每一种鸟，每一种树，并且能准确地预知天气，丝毫不逊色于那些焦急的农夫和种玉米的老人。

有一天，墨提斯奉特先生收到一封信，读完信后，他默默地把信放在桌子上，什么也不说。

"怎么啦，亲爱的？"他的妻子看了一眼那封信，问道。

"噢，是我以前在巴斯认识的一位老律师寄来的。他提起了四五年前我曾经对他说的一件事——那时候我们还没有结婚——是关于多萝西的。"

"关于她的什么事情？"

"我当时只是随便提了一下，因为当时我怕你不喜欢她，所以我和律师说，如果有哪位夫人特别想要收养一个孩子，并且能够给多萝西一个很好的家，我让他告诉我。"

"可那是因为那个时候你还没有人来照顾孩子"，菲利帕立刻说道，"他现在写这封信真是太可笑了！他知道你结婚了吗？肯定知道。"

"是的，知道。"

男爵把那封信递给妻子。律师说在去疗养的时候遇到一位很有地位的寡居夫人——那位夫人现在还不想透漏自己的名字。如今，那位夫人是律师的一位当事人；这位夫人对律师提起想要收养一个女孩儿，并把她当做自己的孩子来抚养，只要这个孩子性情温和、讨人喜欢；同时，她希望孩子稍微大一点儿，以判断孩子的秉性。律师一直记着阿希礼爵士交代他的事情，因此，给男爵写信，告诉他如果之前所说的那个小女孩还没有找到一个合适的人家，那么这位夫人肯定是一个极好的归宿。

"可是事情都过了这么久了，他现在才写信，也太不合乎情理了！"墨提斯奉特夫人说道，一想到自己现在那么喜爱多萝西，她的喉咙立刻就哽咽了。"我想，你是刚——发现她时——对他说的这件事？"

"是的——就是那个时候。"

他陷入深思，无论是阿希礼爵士还是墨提斯奉特夫人，都没给那个律师回信，这件事情暂且被搁置了起来。

在乡下住得久了，墨提斯奉特夫妇也会到城里住几天，看看当下流行什么，大家都在谈论什么，让自己能跟上潮流。有一天，他们刚回来，有朋友来家中吃晚餐，聊天中，他们得知，弗尼尔庄园——他们隔壁庄园的大宅子，由于经济窘迫，业主将其租给了一位寡居的夫人，一位来自意大利的伯爵夫人，是定期租赁的，出于某种原因，这里先不介绍夫人的名字，后面她的名字会出现在故事中。对于会有这么一个邻居，墨提斯奉特夫人感到惊讶和好奇。"如果生在意大利的话，我觉得我应该很乐意呆在那里。"她说道。

"她不是意大利人，但她丈夫是。"阿希礼先生说。

"噢，你已经听说有关于她的事情了？"

"是的，有天晚上，在格雷家，大家说起了她。她是英国人。"之后，爵士再也没有谈到关于这位夫人的任何事情。共进晚餐的那位朋友告诉墨提斯奉特夫人，这位意大利伯爵夫人的父亲曾经投巨资购买东印度股票，大发横财，死后给女儿留下巨额财富，可不幸的是，丈夫和父亲在几个星期内相继去世。据说，这位野心勃勃的英国投机家的女儿和意大利那位穷贵族的婚姻有名无实，不过是个幌子。只要守寡期一过，伯爵夫人肯定会成为身边那些阴谋者的追求目标，因为她还非常年轻。不过，目前，她似乎只想安安静静地生活，远离社交和城里的生活。

又过了几个星期。一天，阿希礼爵士坐在那里，直直地看着妻子，许久，他才说，"如果当初伯爵夫人领养了多萝西，或许会对她更好些。她比我们富有，也能把孩子引领到一个更为广阔的世界。"

"是伯爵夫人想收养多萝西？"墨提斯奉特夫人心里一惊，"怎么——她就是那个希望收养多萝西的夫人？"

"是的，盖顿律师给我写信的时候，她正好呆在巴斯。"

"但是，你是怎么知道这些的，阿希礼？"

他犹豫了一下。"噢，我已经见过她了。"他说，"虽然她不会骑马，但有时候会驾车去看猎狐活动；她说她就是委托盖顿的那位夫人。"

"那么，你已经见过她，并且，也和她说过话了？"

"哦，是的，有几次，大家都认识她。"

"那你怎么不告诉我？"他的妻子问道，"我都忘了拜访她这码事，我明天就去，或者更早些……但是，我不明白，阿希礼，你怎么能说，如果多萝西跟着她会更好些呢？她现在就像是我们自己亲生的孩子，我不允许这样的假设，即使是开玩笑也不行。"她说得句句在理，在她谴责的目光下，阿希礼先生没有再说什么。

墨提斯奉特夫人不像那位意籍英国女伯爵那样去狩猎；事实上，她忙于各种家庭事务并且要照顾多萝西，才不想为了娱乐而浪费时间。正如她自己所说的，在过去的几天里，如此冷静地讨论哪里是多萝西更好的归宿是很残酷的一件事情，因为他们是如此地喜爱这个孩子；并且，她不明白她丈夫对这个问题怎能如此欠缺考虑；如果墨提斯奉特夫人刚开始没想到，但后来可能已经猜到神圣的阿希礼爵士和多萝西之间真正的关系。但是，男爵夫人为人谨小慎微，懦弱谦和，从来没有说出她心中的推测，她毫无异议地接受了上天赐予的孩子，对小女孩敞开心扉，义无反顾地付出爱，同时，也得到了上天丰厚的回馈，获得了幸福的生活。

几天后，在谈论出国旅游事宜的时候，丈夫又提起了这

131

个让她极不舒服的话题。他说，如果他们还没有满足伯爵夫人的愿望就要走了，那是多么可惜的一件事情。那位伯爵夫人和他说，自己曾经在多萝西和奶妈散步时与她们相遇，夫人觉得从来没有见过一个让她如此喜爱的孩子。"什么——她还在觊觎多萝西？这个女人太无理了！"墨提斯奉特夫人说道。

"似乎是这样的……亲爱的菲利帕，如果伯爵夫人收养她为合法的女儿，多萝西将受益匪浅；我们只是出于一片善心来抚养、教育这个可怜的孩子，但是我们并没有收养她。"

"但是我会收养她的——让她成为我合法的孩子！"菲利帕焦急地喊道，"怎么办理收养手续？"

"嗯——"他没有回复，而是陷入了沉思。菲利帕坐立不安，心神不宁，这其中自有原因。

转天，墨提斯奉特夫人驾车赶往弗尼尔庄园，去拜访她的邻居。伯爵夫人正好在家，殷勤地接待了她。但是，可怜的墨提斯奉特夫人看到这位初识的夫人的第一眼，就呆住了。她太美丽了，美得无可挑剔，墨提斯奉特夫人还从来没有遇见过这么完美的一个美人，她的身上似乎闪耀着一个女人所能拥有的一切光彩和优雅。得体的欧式举止，开阔的思维，机智的应答，使一切女性都相形见绌。墨提斯奉特夫人无法高兴起来，因为自己，甚至是阿希礼爵士本人，都跟不上她那么多新奇的说法和观点，与她比起来，他们说的做的，都像乡下人一般，这着实让夫人感到难为情。除了英语，自己对别的语言几乎一无所知，可是眼前这位美人，虽然也是地道的英国人，却可以随心所欲地使用意大利语和法语，这在当时是了不起的语言才能，即使在现在，很多人也还是这么认为的。

"那个孩子的事情真是始料未及！"伯爵夫人用轻快的语调对墨提斯奉特夫人说。"我的意思是，那个小女孩儿，本应该由您收养，律师却把她推荐给了我，而我们现在又成了邻居。她现在怎么样了？我一定得去看看她。"

"您还想要她？"墨提斯奉特夫人疑惑地问道。

"哦，非常想要！"

"但是不行！她是我的！"对方口气贪婪地回绝道。

一听这话，伯爵夫人整个人一下子就没了精神。

墨提斯奉特夫人也好不到哪里去，烦闷地回到家中。伯爵夫人是那么迷人，甚至连温顺的自己都为她着迷，阿希礼怎么可能不为之所动？猛然间，一个奇特的想法突然闪现在菲利帕的眼前，让她一激灵。进了家门，她马上冲进婴儿房，紧紧抱住多萝西，疯狂地亲吻孩子；然后，双手扶住孩子，仔仔细细地端详女孩儿的面容，灼热的目光仿佛要穿透一切，看出个究竟。许久，她深深地叹了一口气，丢下莫名奇妙的多萝西，急匆匆地走了。

在多萝西身上，她不但看到了丈夫的优点，之前她就注意到了这些,但是,另外的那些特点——那长相、形态,以及表情——处处都是这位新邻居的影子。

之前发生的事情一件一件串联起来,如今,一切疑问都解开了,可怜的夫人感叹自己之前怎能那么单纯,根本没有考虑到会有这种可能。但是,她并没有因为没早想到这件事而自责多久,因为很快她就陷入了另外一种痛苦之中,难以自拔,她突然意识到,自己竟然是他们两个的第三者。尽管她知道这种局面并不是自己能够预料的,但是她的悲伤依然没有任何减少。那个给她的丈夫带来无限欢乐以及痛苦的女人再次出现,同时,还是没有牵绊的自由之身,可丈夫却失去了自由;此外,那个女人很明显就是想告诉多萝西自己与她之间的关系。然而,此时的多萝西却慢慢地成为墨提斯奉特夫人的幸福源泉,让她有所守望,并激发起她的母性;她在那个孩子身上看到了丈夫的秉性,以至于她愉快地误认为女孩身上也折射出她自己的特点。

如果说,这位忠诚而高尚的夫人有什么过错的话,那就是她过于委曲求全了。当一切都说了,做了,真相也大白了,作为一家之主的男人,对依附于他们的那些无助的女人,并没有在行为上作出太多的牺牲;或许,(虽然我不是十分肯定)如果,他一回到家中,墨提斯奉特夫人就像带刺的荆条,劈头盖脸地对他抽打一顿,那样或许会让她能好过些。但是,只有上帝知道这个假设是否成立;反正,她没有那样做过;

她只是安静地等待着，祈祷着自己永远也不要怨恨他，她也承认，阿希礼对她总是体贴而殷勤；同时，她希望也不要把小多萝西从自己身边带走。

两家的关系逐渐变得友好起来，差不多每个星期都会见面。墨提斯奉特夫人虽然觉得她们的相见危机四伏，但是，她尽心留意，仍没能在新朋友伯爵夫人身上发现什么缺点或者不足。至少是多萝西把伯爵夫人吸引来的，而不是阿希礼，这点非常明显。

菲利帕之前的女性朋友中从没有这样一位集美貌和智慧于一身的人；因此，她尽量不让自己去想这段亲缘关系（她成功与否我不知道）。一个如此富有、美丽，又拥有众多追求者的女人，是不会毁掉像她这样一个毫无恶意的女人的幸福的。

季节更替，又到了名门望族们动身去巴斯疗养的时节了，阿希礼爵士劝说妻子带着多萝西跟他一起去那里。今年，只要是有点名气的人都到那里去了。在他们所居住的英格兰的那片区域，好多他们认识的人都去了，有珀贝克勋爵及夫人、威塞克斯伯爵及夫人、约翰·格雷贝爵士、德伦克哈斯一家、司徒瓦勒夫人、老汉普郡公爵、曼彻斯特主教、伊克森伯瑞学校院长，以及其他一些地位稍低的宫廷人士、神职人员和地主等。当然，还有美丽的伯爵夫人。当菲利帕看到那么多年轻的男士在追求她，也就不再一味地怀疑她还会对阿希礼爵士有什么新的企图了。

但是，伯爵夫人与多萝西的接触机会比以往大大增加了。因为墨提斯奉特夫人偶尔会小有不适，同时，很多时候，她内心里也不想阻碍她们的交往，因为交往会给孩子带来很多睿智的思想。而且，好像是因为骨肉相连的微妙关系，多萝西天生就喜欢并且接受这位新相识。

危机最终来了，一次意外事件加速了它的到来。有一天，多萝西和奶妈外出散步，留下墨提斯奉特夫人一个人呆在家里。她闷闷地坐着，脑子里想着，伯爵夫人多半会在某个地方见到那个孩子，温柔地跟她交谈几句，刚想到这，阿希礼·墨提斯奉特先生冲进房来，告诉她，就在刚才，多萝西差一点就没命了。一些工人要拆掉并重建一所房子，正在挖它的地基以使其倒塌，他们让前墙朝外慢慢地倒下来。恰在此时，奶妈和孩子从下面经过，但是，却没有任何人提醒她们。由于碰到了脚手架，前墙倒塌得没那么快。恰好，伯爵夫人在路的另一面发现了这巨大的危险，她飞速跑至马路对面，从墙下面抓起多萝西，拽住她身后的奶妈就往外跑，还没有跑到路中间，她们就被罩在倒塌房屋的滚滚灰尘里，幸好没有被石头打到。

"多萝西现在在哪？"墨提斯奉特夫人焦急地问道。

"伯爵夫人把她带走了——这会儿她想和她呆在一起……"

"带走了她？但是，她是我的 —— 她是我的！"墨提斯奉特夫人喊道。

她敏感而又温和的眼神觉察到，在考虑多萝西的归属时，她丈夫就像忘记了现实，只想到多萝西是伯爵夫人和他的孩子，而根本就忘记了自己的存在，他正处于一种梦境般的兴奋之中，完全忘记了之前是自己造就了一家三口的幸福生活。

终于多萝西回家了。她已经被伯爵夫人迷住了，对于之前发生的那件意外，她没有丝毫的害怕和感叹，反而好像是从心底里很高兴。晚上，兴奋之后，多萝西很快入睡了。阿希礼先生说："伯爵夫人救了多萝西一命，我一直在想能为她做点什么来感谢她的英勇行为。既然她还是那么想要多萝西，我们是不是真的应该让她来抚养多萝西？这对多萝西是非常有好处的。我们应该从这个方面来看这件事情，而不是自私地留住她。"

菲利帕一把抓住他的手。"阿希礼，阿希礼！你不是真的想这样吧？我真的必须得放弃我的心肝 —— 我唯一的孩子？"她盯着他，哀怨地咬着嘴角，饱含热泪，痛苦地克制着不让泪水流下来。阿希礼把脸扭向一边，不忍心再看下去。

第二天早上，多萝西还没有睡醒，墨提斯奉特夫人就悄悄地来到女孩的床边，坐在那里看着她。多萝西睁开双眼，盯着菲利帕看了好长时间。

"妈妈 —— 你没有伯爵夫人漂亮,是不是？"她最后说道。

"是的，多萝西。"

"为什么呢？妈妈？"

"多萝西——你是愿意，永远地，跟我一起生活，还是跟她一起生活？"

小姑娘看上去有些困惑。"对不起，妈妈，我不是有意让您难过，但是，我更愿意和她一起生活；我的意思是：如果没有什么阻碍，您也不介意，我们之间还是能够像以前那样。"

"她有没有问过你同样的问题？"

"从来没有，妈妈。"

这就是让人最恼火的地方：在这件事上，好像伯爵夫人做的都是光荣的，正确的，而她却备受煎熬。那个下午，墨提斯奉特夫人找到丈夫，她温柔的面容异常坚定。

"阿希礼，我们结婚已经差不多五年了，虽然我内心十分清楚，但我从来没有问过你——关于多萝西的身世。"

"是的，我亲爱的菲利帕，你从没问过。但是我看得出来，你从一开始就知道了。"

"我只知道谁是她的父亲，但是不知道谁是她的母亲。之前不知道，但是，现在知道了。"

"啊！这你也知道了？"他说道，但语气里没有太多的惊讶。

"我怎能不知道？很好，既然这样，我已经想清楚了；并且，我已经和多萝西谈过了，我同意让她走。伯爵夫人对我的——

你的——她的——孩子有如此情义，我也可以做到满足她的愿望。"

说完，作出自我牺牲的女人匆匆离开了，阿希礼可能不知道，她的心都碎了。之后，他们离开巴斯，离开之前，多萝西换了一个新的母亲和一个新的家。再之后，伯爵夫人带着多萝西去了伦敦，男爵和他的妻子回到了迪恩思乐庄园，没有了多萝西，家里变得异常孤寂。

在热闹繁忙的城市巴斯同意放弃多萝西，与在没有她的家里寂静地生活，这完全是不同的两件事情。有一天晚上，阿希礼爵士发现妻子没有来吃晚餐，想到最近她一直很忧伤，他立刻觉得不对劲，虽然没有叫她，但他仔细地查看房子外面的动静，在花园里，他依稀发现了她的身影，最近她常一个人在那里散步。花园的低洼处有一个水池，涓涓溪水缓缓注入池中。他刚走到那，就听到池水被震开的激溅声。他冲向前去，模模糊糊地看到她轻薄的外套漂浮在水面上，只用了几秒钟他就把妻子拉上岸，又迅速抱进屋里，帮她换下衣服。他没有和家里任何人提起这件事。由于掉进水里时间不长，所以菲利帕并没有失去知觉，很快就缓了过来。但是她一直呼喊着多萝西的名字，她向丈夫坦言，自己是因为伯爵夫人带走了孩子，一时想不开，才寻短见的。阿希礼严厉地对菲利帕说，他们这样做对多萝西来说是最好的选择，妻子为此而轻生，实属懦弱之举。菲利帕默默地接受了他的批评，承认了自己的错误。

从那之后,菲利帕变得更加顺从了。但是,阿希礼却经常看到她对着多萝西以前的一些娃娃、鞋子,或者花结流眼泪,所以,阿希礼决定带她去英格兰北部,换换空气和环境。这一行为让她受益匪浅,从之后发生的事情来看,不管是心情上,还是身体上都带来了很大的好处。但是,对有关那个孩子的任何事情,她仍旧表现得万分敏感。当他们从英格兰返回的时候,伯爵夫人和多萝西并不在弗尼尔庄园。不过,又过了一个月,伯爵夫人带着多萝西回来了。此后不久的一天,阿希礼先生满怀激动地来到妻子的房中。

"哦——菲利帕,你永远也想不到!当时她是那么渴望拥有多萝西,和她在一起!"

"啊——什么?"

"我们的邻居,伯爵夫人,又要结婚了!对象是她在伦敦认识的。"墨提斯奉特夫人非常惊讶;她从来没有想到会发生这样的事情。光想着要争夺多萝西,再婚这件事就被忽略了,可是伯爵夫人还不到三十岁,又是那么的漂亮,理当会再婚了。

"对我们,或者说对你,没有比这更好的事情了",她的丈夫继续说道,"这是她的一片好意。她很乐意把多萝西还给你。看到你失去多萝西后那么伤心,她愿意尝试把她还给你。"

"根本不是这样的,她根本不是为我考虑,"墨提斯奉特夫人立即说道,"谁都知道这是怎么回事!"

"好吧,不过无所谓了,乞讨者没有选择的权力。只要能如你所愿,就别在乎那些原因或者动机了。"

"我再也不是什么乞讨者了," 墨提斯奉特夫人自豪而神秘地说道。

"你这是什么意思?"

墨提斯奉特夫人犹豫了一下。虽然几个月前,她还为失去了多萝西伤心欲绝,但是现在,重新得到多萝西却没能让她欢呼雀跃。

日子一天一天过去,墨提斯奉特夫人态度转变的原因逐渐浮出水面。在结婚五年后,墨提斯奉特夫人终于要真的做妈妈了,正是这造成了她对很多事情的态度转变。其中最大的改变就是多萝西已经不再是她生命当中绝对不可缺少的一部分了。

另一方面,由于婚期将近,伯爵夫人决定不再租用弗尼尔庄园了,而是要回到城里面她那所漂亮的小房子里。但是,事情处理起来很费周折,大概折腾了半年多,她才最终离开那里。在此期间,她穿梭于乡村和伦敦之间。临走之前,她和阿希礼爵士见了一面,那时,阿希礼的妻子刚生产完第三天,菲利帕为他生了一个儿子——一个继承者!

"我想和你谈谈,"伯爵夫人闪动双眸看着他,"是关于那个我暂时收养的可怜的弃儿,我本想永久地收养她,但是,我的再婚让这件事情变得很棘手。"

"我想可能会的。"他回答道,目光坚定地回视着她,当她听到自己形容多萝西的那些言语时,泪水涌满双眼。

"不要责怪我,"她慌张地说,定了定神,继续说道,"如果墨提斯奉特夫人能像我提议的那样重新收留她,那样对我会好一些,当然对多萝西也未尝不是一个好的选择。在别人看来,她不过是一个让我一时着迷的孩子,并且,墨提斯奉特夫人又是那么渴望得到她,那么不舍得让她走……我想她一定会重新收养她,是吗?"她焦急地追问了一句。

"我会跟她再提一下这件事的,"男爵说道,"你现在就要把多萝西留下吗?"

"是的,虽然我走了,但是这房子还可以住一个月。"

他没有对妻子说起这件事,直到几天以后,墨提斯奉特夫人身体恢复得差不多了,伯爵夫人在伦敦结婚的消息也传到了他们那里,他才重新提起这件事。可是,他刚说起多萝西的名字,就感觉到了墨提斯奉特夫人那不安的神情。

"我并没有对多萝西有任何的反感,"她说,"但是,我觉得现在我有更亲近的人了。你一定还记得,当我让多萝西在我和伯爵夫人之间作出选择的时候,她选择了伯爵夫人。"

"但是,我亲爱的菲利帕,你怎么能计较一个孩子的行为,更何况是我们的多萝西?"

"她不是'我们的',"他的妻子指着婴儿床,说道,"这才是'我们的'孩子。"

"什么？那么，菲利帕，"他惊讶地说道，"当初失去她时，你悲痛欲绝，难道现在你不想她再回来了？"

"我不知道该怎么说，亲爱的阿希礼。我不想再监护多萝西了，已经有人填补了她的位置。"

她的丈夫叹了口气，走出房间。那天原本已经安排好把多萝西背回至原来的家里，但是，最终阿希礼没有把孩子带到妻子面前，甚至连多萝西的到来都没有告知墨提斯奉特夫人。他陪着多萝西玩，尽自己最大的努力让孩子开心。他们一起去花园，在那里散步。走了一会儿，他就坐在一棵榆树根上，让多萝西坐在自己的腿上。

"新丈夫和新生的宝宝，小多萝西，你原本有两个家，如今却因为他们而被冷落在外。"他说道。

"难道我不能和我漂亮的妈妈一起去伦敦吗？"多萝西说道，从爸爸的神情中，孩子发觉有什么地方出了问题。

"恐怕不行，孩子。你知道的，之前她之所以带你和她一起生活，是因为她很寂寞。"

"那么，我能不能和你还有另外一个妈妈一起住在迪恩思乐庄园？"

"恐怕那也不行，"他难过地说，"我们家里现在有一个孩子了。"他俯下身，亲吻了她一下，眼睛里泪花闪闪。

"那就没有人要我了！"多萝西可怜兮兮地说道。

"噢,怎么会呢,当然会有人想要你,"他肯定地说道,"除此之外,你还想住在哪里?"

多萝西仅有的人生经历让她此时只能想到唯一一处熟悉的地方,那就在墨提斯奉特夫人在把她带到庄园之前所居住的那所农舍。

"对,那儿对你而言是最好的选择,你在那里会变得非常独立,"他说道,"并且,我会来看你的,给你带漂亮的东西,我亲爱的姑娘;在那里你也会同样快乐的。"

不管怎样,该来的都会来的。多萝西被交到那个善良的农妇手中,这个可怜的孩子是那么怀念弗尼尔庄园和迪恩思乐庄园的豪华宽敞;同时,她那双习惯了地毯和橡木地板的小脚,如今不得不忍受那冰冷坚硬的石板地面,在上面生活和玩耍让她在很长的一段时间里备受折磨;因为用冷水洗漱,手指也生了冻疮;还有厚厚的钉子鞋在一定程度上缓解了双脚的寒冷。当重新习惯了农舍的艰苦条件后,她的各种不满和眼泪慢慢地变成了沉默。她没有出脱成为那种优雅的女子,但却变得更加健壮。这么多年以来,阿希礼爵士一直关注着她的成长,虽然,她没有接受系统的教育,本来墨提斯奉特夫人已经为她设计并且开始了她的学业,她的另外一个妈妈——热情的伯爵夫人也为她作了安排和设想,但最终这些都变成了泡沫。伯爵夫人很快就有了其他的"多萝西",她把自己的时间和亲情毫不保留地奉献给了她们,正如墨提斯奉特夫人一心扑在自己的宝贝儿子身上一样。随着时间的推移，曾经同时被两个女人所渴望得到，又同时被这两个女人所抛弃的多萝西结婚了，如果我没记错的话，她嫁给了一个很体面的公路承包商，如果我还没有记错的话，那条从温顿赛斯特西南部开始一直穿过新森林区域的那条年久失修的大路就是这个年轻人负责修缮的。在这个可敬的生意人的心中，这个可怜的女孩终于找到了自己的心灵归宿，而她那上层社会的亲生父母却没能给予她。

听完了这个故事后，几个听众还想让情感丰富的会员再讲一个故事，但是他说眼下想不起什么可说的，并且，他觉得火炉对面的朋友的面部表情似乎已经表明他有话要说了。

会员说的那个人是一位受人尊敬的教会理事，一个眼睑总是不由自主地跳，这可能是某次意外留下的后遗症，他是俱乐部的常客。教会理事回应说，自己的表情不过是对刚才所讲故事中的两位女士十分感兴趣，很明显，那些有强烈母性意识的女性，即使她们还没有成为母亲，却也难以抑制母性柔情的泛滥。这个故事让他想起来另外一个类似的母亲，不过她的母性意识似乎更强，却为此备受指摘。他担心，自己不适合讲这样风格的故事，可如果他们非要让他讲的话，他愿意尽力试一下。

这个时候，俱乐部会长提议说，天色已晚，大家最好先各自回客栈吃晚饭，之后，如果各位还有意继续这奇妙的室内活动，打发晚上枯燥无味的时间，可以回来继续。博物馆馆长告诉他这个房间归他们使用。而教会理事此时也感觉饥肠辘辘，因而也欣然接受了这个提议。故事会暂时休会了一个半小时。之后，忠实的听众一个接一个地来了，但是会长、乡村校长和那两个助理牧师却没有出现，而上校、顾家的男人和叼雪茄的人却耐不住旅馆的枯燥，准时回到了屋子。博物馆里面没有常规的照明设施，一只蜡烛摇曳着微弱的烛花，摆放在桌子上，一些贴心的成员还准备了水壶和杯子。那个总是挤眼的教会理事，现在已经做好充分的准备，继续讲述下面的故事，而其他人大都一边吸烟，一边听他讲故事。

第二部：晚餐之后的故事

故事五

艾森威夫人

——教会理事讲述

在伟大的乔治三世陛下——信仰的捍卫者和美洲殖民地的护卫者——在位期间,在布里斯托尔和埃克森博瑞市之间有一片最为茂盛葱翠的林区,被称作"优雅之乡"(据我所知,利兰在世的时候就是这么说的),那里住着一位年轻小姐,也和前边故事中出现的女士一样,天资聪慧、美貌非凡,不同的是,她有点儿专横,喜欢自行其是,正是这种性格,加之上天赋予她的各种优点,让她虽然涉世未深,却行事果断,让不熟悉的人总是误以为好像她阅历丰富似的。她自幼父母双亡,与叔叔住在一起,虽然叔叔对她照顾得尽心尽力,但大部分时间她还是形影孤单。

故事发生在这位可爱的年轻小姐十九岁的时候,那是一次意外。当时她正在离叔叔家不远的一片林地里骑马，身边只带了一个男孩随从（她称得上是无所畏惧的女骑手）。当马在林间小跑的时候，意外地被一棵倒在地上的树根绊倒了，她被摔下马背，幸运的是，伤得并不严重。恰巧一位先生路过，看到了这种情况，赶紧帮忙把她送回了家。后来才知道，这位新来的先生是来此地拜访邻近的另一位乡绅的，他是荷兰后裔，在南美洲北部沿岸的圭亚那经营种植园，偶尔会来英国做生意或者散心。

因此，威塞克斯地区很少有人认识他，即便是他来拜访的那位绅士，与他的交情也不深。意外的是，他与黑梅尔一家(这位小姐以及她的叔叔)的交往越来越密切。在那个年代，周围有身份的人家并不多，所以，只要你稍善于交际，声誉良好，走到哪里都会受到欢迎。两个年轻人之间擦出了爱的火花（浪漫主义者会这样说），情意渐浓。这位外国来的绅士叫安德陵，他温柔多情，尽管努力掩饰，但是任何人都看得出他对玛丽亚·黑梅尔小姐的情感，小姐的倩影已经深深地刻在了他的心头，比石上的刻痕还要真切。他已经彻底拜服在她的魅力之下，但似乎又在刻意规避，因为他清楚自己不可能和她走在一起。但事与愿违，无论他怎么挣扎，都无法脱身而出。而他的痛苦却带给她俘获者的愉悦。有时，他一个人躲起来独自痛苦地叹息，又使她不由地对他心生怜悯之情。

为了能在这里多呆上一段时间，他想尽办法，找出所有能想到的理由。最后，他终于鼓起勇气向她表白心迹，请求小姐嫁给他。虽然对他的感情并没有对方对自己来得那么炽烈，但她也并非毫不动心，况且叔叔也不反对这桩婚事，所以她答应了他的求婚，同意与他一起远走他乡，与他自此祸福相依，同甘共苦。他也给了小姐承诺，自己远在南美殖民地的种植园出产大米、咖啡、玉米，以及木材，因此家境殷实，他的朋友，也就是女孩儿叔叔的邻居证实了这一说法。总之，婚期被确定下来，一般来说，对于认识时间不长，彼此尚缺乏了解的人是不会这么快的，这个婚姻有点太仓促了，但是因为他必须要尽快返乡去处理种植园的事务，所以只能如此了。

婚礼如期举行，之后，玛丽亚辞别叔父，跟丈夫一起去了伦敦，两周之后，又登上海船，驶往他们大洋彼岸的家。安德陵向玛利亚保证不会让她在那里呆很久，他计划等到战争结束，就能处理掉新大陆的产业，卖个好价钱，然后他们就可以去欧洲找一个惬意的大都市定居下来。

然而，随着旅程一点点儿缩短，玛利亚却发现安德陵变得越来越压抑；当船横跨赤道之后，他就像求婚之初那样非常沮丧。眼看还有一两天船就可以到达帕拉马里博（苏里南首都）了，安德陵忽然激动地抱住玛利亚，泪流满面地向她忏悔。原来早年他在魁北克不慎娶了一名声名狼藉的女人为妻，这个女人的丑事让他抬不起头，为此他差点垮掉。最终他离开了那个女人，并且再也没有见过面。本以为那个女人已经死了，但是，在他们上船之前停留在伦敦的那段时间里，他却发现那个女人竟然还活着。刚开始，他本不想把这难以启齿的往事告诉玛利亚，怕玷污了她那圣洁的耳朵；但是又觉得不能这样一直欺瞒她。事情到了这一地步，他唯一奢望的就是玛利亚不会为此改变对自己的感情，他们的生活能够不受到这件事的影响。

可以想象，以她那种骄傲和强势的个性，听到此事以后会如何暴跳如雷，甚至像英国西北部的暴风雨那样猛烈。但是强硬的性格又不容许自己被这件事所击倒，这跟我所认识的许多女士完全不同——毕竟，远离家乡，炙烤在赤道的烈日之下，大多数人碰到这样的事都难免崩溃。事实上，比较而言反而是安德陵更痛苦一些，精神上备受摧残，因为他爱她真的很深，（可能一部分也是因为他的扭曲性格）尽管当初内心也曾激烈地矛盾过，但最终他还是没能抵制住玛利亚那超凡脱俗的美貌，犯下了重婚罪。他们将何去何从，最终还是听了她的决定。对决定明智与否我不敢妄加评论。

"我让你自己决定，"她说，对他无休止的自责和承诺不屑一顾，"我今天落到这步田地，都是因为你，你要还有一丁点儿男子气概，就应该为我考虑，怎样做对我有益，我让你自己决定，要不要按照我所说的去做。"

他发誓无论让他做什么都可以。于是，她提出自己返回英国，并对外界说就在他们刚刚抵达帕拉马里博的时候，安德陵就死于了一场恶性疟疾；这样自己就能以寡妇的名义在自己家乡继续生活；以后也不准安德陵再打扰她的生活，在有生之年他都不许再踏进英国半步——这样做也是为了使他免受法律的严惩。

他立刻答应了她的要求，其实只要能给自己如此深爱的女人一点儿补偿，什么样的要求他都会答应的——就是赔上性命也在所不惜。为了让她在生活上尽可能的自立，他给了玛丽亚价值不菲的债券和珠宝（他的财产数目可一点没被夸张）。就这样，船一到帕拉马里博，玛利亚就立刻坐上了返回英格兰的下一班航船。离别之际，他说自己将变卖所有产业，浪迹天涯以忏悔对她所做的一切。

玛丽亚如期回到了英格兰，一上岸就派人告知了叔叔自己的返程，路上没有耽搁，很快就以寡妇的装束出现在叔叔的家中。听她诉说完自己的遭遇后，所有的邻居都对她表示同情，然而，只有对自己的叔叔，她说出了事情的真相，也解释了这样做的理由。尽管在整件事情中自己都没有过错，但是以玛丽亚骄傲的性格来说，让别人知道自己曾被哄骗、被诱惑，那是绝对不能容忍的。

她与叔叔一起过了一段平静的日子，怀胎十月后生下了一个儿子。她也因庄重和矜持而备受邻里尊重。虽然婚姻不长，但是丈夫给她的钱财足以让她舒舒服服地在叔叔的大房子里安身，而不用依靠叔叔的资助度日。但是，实际上，她生活得并不顺心，因为她自己清楚，这些体面都是虚假的，她的脑子里一直有个想法挥之不去："如果这里有人知道他还没死，那么就会知道我为了自尊而掩藏了那段不光彩的经历，那该怎么办呢？倒不如一开始就说实话，要不是为这个孩子着想，我早就这么做了。"

这些想法就像石头一样压在她的心头，日益沉重。在此期间，她遇到了一位颇受敬重的男人，他出身高贵，拥有贵族的头衔——他就是艾森威爵士，他的府邸在温顿赛斯特的另一边，都快到威塞克斯区的边上了。他热切地向她表达爱慕之情，尽管他相貌平庸，年纪也大一些，但是玛丽亚却很乐意地接受了，因为她发现第二次婚姻不失为一个规避过去、维护自身名誉的好方法。于是几个月后他们就结婚了，玛丽亚终于成为名正言顺的艾森威夫人，可以抬头做人了。她带着孩子随新婚丈夫迁去了前面所说的家中，在那里几乎没人认识她。

她这么做究竟是对还是错，很快就得到了印证（诸位可以自己预判一下）。没过多久，一天，她忽然收到安德陵的来信，那个前任丈夫，虽然信写得很仓促，但是却洋溢着浓浓情意。幸运的是，邮差给她送信时恰巧艾森威爵爷短暂外出。安德陵在信上说，他那为人所不齿的结发妻子刚刚在魁北克去世了,他专门跑去确认了此事,并参加了那个倒霉女人的葬礼,亲眼看着她下葬。如今,他正在赶往英国的路上,希望能弥补玛利亚之前所受的委屈。他说会在南安普敦下船,请求玛利亚去那里和他会合。他已经改名换姓,所以玛利亚不用担心在欧洲会有人认识他。他还说想重新娶玛利亚为妻,然后像两个人之前设想的那样在欧洲找个地方定居下来。他对玛利亚的爱丝毫没有减弱,他要把自己的余生都奉献给玛利亚。

尽管艾森威夫人性格冷静沉着,但是,收到这样一封信,她也不由得慌乱起来。得知安德陵所乘的船马上就要入港,她迅速行动,只身前往与他相见。当两个人面对面站在一起,马丽亚就发现,安德陵依然迷恋着自己,可是自己对他却已经没有了以前那种感觉。由于这些年一直对玛利亚心怀愧疚,所以他再也没有过以前那种潇洒快乐的生活,而是过起了苦行僧般的日子,变得谨言慎行,恪守教规,克己苦行。首先,玛丽亚让安德陵发誓,不管自己要求他采取哪种方式来补偿他都得接受(他还以为她指的是两个人结婚呢);接下来,玛利亚才告诉他自己已经嫁人的实情,自己现任的丈夫出身古老而高贵,家境殷实,自己已经成为了贵族,对现今的生活非常满意。

听到这番话,那位可怜的外国绅士,霎时面如死灰,心如枯蒿。当年自己因为她端庄貌美不惜冒天下之大不韪而得到她。如今，再次相见，面对她更加艳丽的容貌，和睥睨一切的气场，自己仍然欲罢不能，拜倒在她的石榴裙下。无论如何，他都要遵守自己的誓言，一切听她的安排。实际上，她只是依旧提出了以前的那个要求，即让他必须离开英国，决不能让自己的朋友、丈夫或是任何一个住在英格兰的人知道他还活着这件事。此外，他也不能再来骚扰她，以避免给自己如今的身份地位带来负面影响，造成严重的后果。

他耷拉着脑袋，问道，"那么孩子呢——我们的孩子？"

"他好得很，"玛丽亚回答，"非常好。"

就这样，沮丧的绅士离开了。他乘兴赶到英格兰，如今，却带着一颗沉痛的心离去。以前他从未想到会有一个女人像玛丽亚那样把名誉看得如此之重，而身为自己孩子的母亲，玛利亚居然会采取这样的方式来挽回名声。而最让他意想不到的是，玛利亚居然这么迫不及待地就嫁人了。曾几何时，还满心期待，与玛利亚结为合法的夫妻，一家三口和和美美地过日子，尽管还从没有见过自己的亲骨肉，但他却对孩子充满无限柔情。

艾森威夫人回到温顿赛斯特外的宅邸，对这次会面的事守口如瓶，所幸，当天爵爷去了威敦·普拉尔斯参加围猎，对她的行踪也一无所知。虽然赶走可怜的安德陵时态度强硬，但是，从那之后，她却常常从他所谓的遗腹子的脸上寻找他父亲的影子。爵爷是位传统贵族，在随即而来的秋冬季节里把大部分时间都花在了打猎和场地活动上，因此，在玛利亚那么多的闲暇时光里，她总是难以控制这样做。

冬日的某一天，爵爷又带着猎犬去远处参加一个围猎聚会——这个季节里一个礼拜要去三四次。爵爷走后，玛丽亚在窗前的门廊处散步，在阳光中沐浴，突然，一个白色的东西越过旁边的院墙恰好落在她的脚边。原来是一块裹着纸条的小石子。艾森威夫人打开一看，之后匆忙沿着门廊走出去，（不用问，仍然是板着一张脸，神情如同女王般严肃）出门拐进一片灌木丛，刚才的纸条就是从那里飞进院子里去的。树荫下站着的正是她的第一任丈夫。安德陵的外表让人一眼看去就知道肯定发生了变故。

"你觉察到我的变化了吧，我最——亲爱的？"他说，"玛丽亚，我已经失去了所有的财产，自从我被你流放到了欧洲大陆，那里就是我的地狱，曾经的财富都被我在赌博中肆意挥霍掉了。在这世上只有一样东西永远属于我——那就是我的孩子——为了他，我今天才闯到这儿来的。亲爱的，不用害怕！我不会打扰你很久的；我是多么爱你！只是我太想念我们的孩子了，无论是白天还是晚上，我都无法克制对他的思念；我想看看他，跟他说句话，哪怕这一辈子就一次也好！"

"可是你对我的承诺呢？"她质问道，"你明明答应过永远都不会把我们的事情说出去，也不会让任何人知道——"

"我什么也不会说的。我只要求你让我看一眼孩子。我记得我的承诺,残酷的主人,我说到做到。不然我大可以想办法私下去见孩子,不过我更希望能坦诚地向你请求,得到你的允许。"

她还是犹疑不决。倨傲苛刻已经成为她性格的一部分了,成了男爵夫人之后,这种个性更胜往日。她答应会仔细考虑这件事,并承诺在后天的此时此刻,在这里给他答复。那时,丈夫正好会带着猎狗去围猎。

绅士耐心等待。尽管,艾森威夫人对他的爱早已荡然无存,不过在认真考虑了之后,她还是觉得不能把情感激进的安德陵逼到绝路上去。于是她在约定的时间来到约定的地点与他见面。

她说,"你可以见孩子。但是,第一,你必须隐藏自己的身份;第二,你能看孩子但是却不能让他看见你,以免你举止失控,暴露出你我的关系。午后,哄他睡着后,我就来这里,把你从一条隐秘的小路带进屋子里去。"

这位可怜的父亲怎么也料不到自己会因为年轻时的一时荒唐而遭到这样的报应。他忍气吞声,遵照艾森威夫人的指示,一直躲在灌木丛中等待召唤。下午三点左右,夫人如约前来,带着他从一道花园小门上楼,进入了孩子所在的育婴室。孩子躺在小床上,静静地睡着,小胳膊弯在头顶,丝一般的卷发压在枕头上。此时那可怜的父亲弯腰俯视着孩子,泪水难以抑制,滴落下来,沾湿了床单。

他刚要伏下身子去亲吻儿子,就被夫人伸出一只手指制止住了。

"噢,为什么不行?"他哀求着。

"那,好吧,"她的语气缓和下来,"不过尽量轻点儿。"

他轻吻孩子,最后看了一眼熟睡的孩子,转身随夫人走出了房间,然后由夫人带领着顺原路离开了宅邸。

但是,这次短暂的会面非但没能缓解他内心渴望见到孩子的苦痛,想到自己对儿子来说仅仅是一个陌路人,他变得更加痛苦。没有见过孩子以前,他只能在想象中朦胧地爱着他,现在一旦见到了,他就感到自己像世上的每一位父亲那样与自己的孩子血肉相连了,可他却不能与孩子见面,即使能偶尔见上一面,也只能是匆匆一瞥,这种感觉更逼得他几乎要崩溃了,几乎控制不住要违背自己对孩子母亲的承诺,现身去见孩子了。

他对艾森威夫人怀有的敬重之情已经根深蒂固了,这种骑士精神,再加上对自己当初欺骗夫人的行为的愧疚,最终使他还是控制住了自己的情绪,放弃了冲动的想法,迫使自己委曲求全。往日他激情澎湃,温柔多情,如今却形影相吊,孤独寂寞,当初的满腔热情如今化为一股亲情,尽管他所爱的孩子都不知道自己的存在,他所爱的女人也已经对他情淡爱弛了。

忍受着这样酷刑般的惩罚,那位可怜的外国绅士终于有一天忍不下去了，决定冒险来缓解自己的思恋之苦；同时，还要呵护曾经的妻子的名声，因为尽管妻子对他越来越苛刻，可是他对妻子的爱意却反倒与日俱增。他早年曾经对种植郁金香和园艺产生过浓厚的兴趣，破产来到英国之后，他就靠这些技能偶尔从苗圃、温室等地得些薪酬，勉强度日。如今，为了实现心中的愿望，他开始狂热地投入到园艺活动中去，没几个月的工夫就达到了很高的水平。机会终于来了，贵族老爷（就是他妻子现在的丈夫）的府上出现一个花农的空缺，他趁机毛遂自荐，自身的修养和学识让他立即被录用了，对这一切艾森威夫人毫不知情。大约一两个礼拜之后，突然在自家暖房里见到了他，可以想象，夫人当时是多么的震惊。一开始，夫人冷傲地威胁，让他立即走人，后来，经过深思熟虑，夫人最终改变了主意。夫人很明白，他对自己如此顺从，绝没有害自己的想法，可是非要将他赶走的话，说不定会让他心生怨恨，难免在一时激愤之下失口说出一切，与其如此，不如适当安抚，让他守口如瓶。

于是他被获准留在了府上，住进了花园墙边的那所小房子，以往的花农都住在那里。他孤独地生活，闲时会花很多时间读书，但是更多的时候，他会紧紧盯着大宅窗户和房前的草地，希望能偶尔捕捉到那个孩子的身影。为了孩子，他甚至抛弃了自幼信奉的罗马天主教（转而皈依了新教），成了教区里最常出席礼拜仪式的人，因为每当礼拜的时候，他就可以坐在爵爷、夫人以及爵爷继子的后排，相隔不过几英尺，默默地观察那孩子的身形轮廓和一举一动，而不必担心会受到怀疑和阻拦。

他一干就是两年，虽然内心有些悲哀，但是也乐在其中，这也不失为一种安慰。而夫人始终没有原谅他，在儿子眼中，他只能是"园丁"，只有那么一两次，男孩说："那个园丁的眼神太悲伤了，为什么他会这么悲伤地看着我？"他把夫人的蔑视幻想成爱的光辉，把夫人冷漠的只言片语想象成情人间让人狂热和陶醉的情话。奇怪的是，艾森威爵爷对待夫人的态度开始冷淡起来，变得像夫人对待那位外国前夫那样。这位爵爷一直为继承人的问题焦急，想有直系继承人来承袭自己的爵位，可到现在一直没有任何迹象表明会出现这样一位继承人。一天爵爷向夫人抱怨自己命中无子，十分粗鲁地喊道："一切都会落到那个笨蛋表亲手里！我倒宁愿我的名号和爵位沉入海底！"

夫人没有反驳，只是安慰了几句就陷入沉思。之后不久的某天，夫人突然屈尊到园丁的小屋探问他的病情（因为他新近病倒了，不过大家都觉得没什么大问题），虽然她经常去看望穷人，但是从来没有迈进过自家园丁的房子，所以当看到园丁已经病得无法起床时，她是多么的惊愕，甚至有些哀痛和恐慌。她回到大宅取来一些清淡可口的汤，这样也为见到他找个正当的理由。

园丁的身体非常虚弱,脸上瘦削不堪,情况十分不妙,让人很担心。为此夫人极为震惊,心也随之温柔起来。她凝视着园丁,说道:"你一定要好起来 —— 一定!一直以来我对你都很残酷。以后我再也不会这样了。"

这个病入膏肓的男人 —— 他确实已经无药可救了 —— 握住夫人的手,轻轻按在唇上,喃喃道:"太迟了,亲爱的,太迟了!"

"可是,我不让你死!噢,你不能死!"夫人命令道。动情之际,她俯下身去在园丁耳边轻轻说了几句话,脸上不由浮起一片红晕,就像娇羞的少女一般。

园丁苍白虚弱的脸上露出一丝微笑,回答她说:"呵,那时多好!……不过一切都过去了!我要死了!"

安德陵真的死了。在几天后,当夕阳西下,余晖即将落下花园围墙的时候。玛利亚幡然醒悟,意识到自己是多么的残酷无情,为此悲痛欲绝,悔恨不已,常常在独处时对自己谴责不已。她希望能为安德陵立碑悼念,当然,还得瞒着别人。几个月后,碑终于立了起来。一天,一扇漂亮的彩色玻璃窗被送到教堂,当人们卸下来并安装的时候,艾森威夫妇正好散步经过。

"哀妻谨以此献给深爱的亡夫。"爵爷念着玻璃上的铭文,"我没听说过他还有个妻子,也从没见过。"

"哦,有,你肯定见过,艾森威,不过可能忘记罢了"夫人平淡地说。"只不过她不跟他住在一起,也很少去看他,因为他们两个人之间存在着差异;在这种情况下,他的死让她更加难过。"

"于是她不惜花重金买这种昂贵的红蓝相间的玻璃葬品把自己折腾穷吗?"

"听说她不穷。"

随着艾森威爵爷一年年老去,脾气变得越来越暴躁,而且只要见到妻子前夫留下的儿子,他就会变得情绪低落,找借口爆发一番。

"这真是怪事,夫人,你能为前夫生下儿子,却不能为我生出继承人。"

"啊!如果我能早点儿想到这点就好了!"她自言自语。

"什么?"他问。

"没什么,亲爱的。"艾森威夫人回答说。

教会理事的故事讲完了,上校第一个发表了评论,他说,这可怜的家伙真是时乖命蹇。

那位商绅却认为对安德陵来说命运一点儿都不过分。从法律上讲,安德陵又不是玛利亚的什么人,而他却如此不顾尊严,低声下气地顺从她。假如他们是合法的夫妻,就另当别论了。

"书虫"猜测艾森威爵爷是一个不太疑心的人,一个面庞绯红的胖子表示赞同。不过另一方面，他的夫人也确实口风很紧。如果她言语稍有不慎，她的丈夫肯定也会有所察觉，另一位住在斯德堡福德庄园的夫人就是这样，那个故事发生在他们曾祖父时代。不过，在那件事里，深思熟虑使她的丈夫在审时度势时多了一些哲学思考，这是可以肯定的。

然而几位俱乐部成员却认为此类事件中不太可能出现这样的情况。

那位麦芽商人脸庞绯红、身材矮壮，他先前从事麦芽买卖，收入颇丰，而现在已经退休；此时，他清了清嗓子，仿佛要吐出体内多余的气体，然后就开始讲述这个故事，正是关于前面大家所说的那种不可能发生的情况的。不过他首先为自己故事的女主人公没有贵族头衔而表示歉意，毕竟他没有多少机会可以结识贵族。鉴于他独特的讲述方式，以下仅能记录下一个大概。

故事六

乡绅帕特里克之妻

——红脸麦芽商讲述

对斯德堡福德庄园的历史略有了解的当地人都知道，上世纪中期，抵押大王提摩太·帕特里克是这里的主人。此人善于对乡里人大笔放贷，并以房契作抵押，以此获取他们的地产。他手段高明，在英格兰的这个地区，几乎无人能敌。提摩太本来是位律师，同时又是好几个贵族的代理人，这便于他了解行情，经营生意。据说，他还有位知名的思想家亲戚，因为一时糊涂误签了一份遗嘱，而被判终身流放，这件事让他不仅学到了很多法律知识，而且有如醍醐灌顶，他自此暗下决心，绝不能为了捍卫他人利益而头脑一热，忘记这悲惨的教训，一定时时提醒自己不能犯类似的错误。

但我并不想谈他早年的辉煌，而是想说说他年老以后、坐拥广袤土地的时期。当然这些地产，都是他用前边我提到的为自己牟利的方式取得的。这些地产中，包括他曾经居住而如今已经被拆毁的斯德堡福德庄园宅邸，还包括马洛特地区的地产、谢尔顿·阿巴斯附近的地产、米尔浦几乎所有地区以及伊维尔附近的很多房产。真正说起来，这些连他一半的地产都不到。而如今，入土之后又过去了那么多年，也不知道这一切是否真的有意义。据说每次在买一块地之前，他都必须先踏遍每寸土地，用锄头敲打土块检查土壤，然后才会出手购买。这么算下来，购置如此多的田地，他真是干了不少体力活。

当他八十多岁的时候，唯一的儿子给他留下两个孙子，已于之前去世了，长孙沿用他的名字，也叫提摩太，已经娶妻，即将生子。就在此时，老提摩太生病了，很可能因年老而辞世。在遗嘱中，他提出限定继承权（我觉得这可能是律师才会说的吧），首先将全部地产传给长孙以及长孙的继承人，如长孙无子嗣，则因此传给幼孙及幼孙的男性继承人，如幼孙无子嗣，则再依次传下去，具体是谁，就没再提及了。

正当老提摩太·帕特里克卧病在床的时候，长孙媳安妮塔产下一个男婴，全家欢喜。尽管生于工于算计的家庭，但安妮塔的丈夫提摩太，自己却完全不擅此道。在帕特里克家族中，长孙是唯一一个不急功近利而重感情的人。正因如此，按照通常的说法，他没结上一门好亲。他妻子的父亲是镇上的小业主，尽管女孩出身平平，但长相姣好，所以提摩太对她一见倾心，炽烈追求，就这样，没相识多久，长孙提摩太就把她娶回家了，但对于她以往的经历却几乎不知。对自己的这桩婚姻，提摩太非常满意，焦急地盼着妻子能尽快康复。

开始，安妮塔本已脱离危险，母子俩都恢复很快。但是，她的身体状况突然就开始恶化，并且很快就生命垂危。安妮塔预感到自己将不久于人世，她把丈夫叫到床边。丈夫急忙赶了过来，在确认屋内无其他人之后，她让丈夫严正发誓，如果老天真要带走她的话，无论发生什么，丈夫都必须尽最大努力照顾这个孩子。当然，丈夫毫不犹豫地答应了这个请求。紧接着，短暂犹豫之后，她继续说道，在自己还能说话的时候，要对丈夫深深地忏悔一件往事，自己不想带着一个谎言和愧疚的灵魂死去。之后，她讲述了一件出乎丈夫意料的事，一个关于孩子亲生父亲的事。

提摩太·帕特里克虽然是一个性情中人，却不是那种感情外露的类型。面对生命中的这样一种考验，他竭尽全力，英勇地保持了镇定。他的妻子当晚死了，在葬礼举行之前，他匆忙赶到祖父病榻前，把孩子的出生、妻子的忏悔和离世这一切都告诉了祖父。尽管深爱着自己的祖父，但是他仍旧忍不住在午夜十一点找到老人，请求祖父帮助自己度过难关，同时，他还请求祖父更改遗嘱，以避免家产落入外姓人之手。老提摩太与孙子看法完全一致，绝不允许自己的遗产的合法继承权出现任何的问题。为此，老提摩太重新立了一份遗嘱，对遗产继承进行终身限定，所有的财产都由长孙提摩太及从今以后所生的男性继承人继承；如长孙无子嗣，则由幼孙爱德华及其后代继承。这样一来，原本被给予众望的新生儿就失去了继承权，不但失去了上天的眷顾，还要遭受众人的嘲弄。

老提摩太难以承受这突如其来的刺激，没多久也撒手西去了。就像那些最慈善的人一样，他也落叶归根，归入宗室。提摩太安葬了妻子和祖父之后，尽可能地尝试着找回原来正常生活的方式，内心里，他庆幸自己当初能当机立断，从而消除了情感背叛的后患。他决定一旦找到满意的人，就择期另娶。

但是，有时候男人可能并不了解自己。提摩太心中的痛苦悄悄滋长，这让他对女性产生了怨恨和不信任。尽管接触的好几个女性都颇具魅力，但是他终究无法进展到求婚那一步。他害怕再次成为丈夫，总是觉得每个女人都谋划好了圈套，都会因为继承人的问题让他再次陷入绝望的深渊。"曾经的一切，看上去那么美好，却最终落得如此结果，世事无常，这样的事情还可能发生，"他常常对自己这么说，"但是我却再也不想冒险了。"尽管很希望自己能有直系后代继承斯德堡福德庄园的地产，但是他还是强压住这个想法，放弃了再婚的念头。

提摩太把孩子放在自己的府邸里抚养,算是履行了对妻子临终前的承诺,但是几乎没有给过这个可怜的孩子任何关注。偶尔,他想起自己的诺言,就过来看孩子一眼,看到孩子长得不错,便交代佣人几句就离开,继续自己的独居生活。就这样,他和这个孩子在斯德堡福德宅邸又生活了两三年。一天,他在花园散步时,不小心把一个鼻烟盒落在了长凳上,回去取时,他看到那个男孩正站在那里。孩子避开奶妈,一个人在摆弄着那个鼻烟盒,尽管鼻烟盒刺激的味道让他喷嚏不断,但是孩子还是很执着地玩着那个盒子。孩子如此不舒服还能一直把玩,这份坚持,让提摩太那封闭的心燃起了对他的兴趣 。在孩子的脸上,他虽然没有看到自己的影子,却发现了妻子的痕迹。眼前的这个孩子,童年如此悲惨,受人歧视,遭人冷落——这一切让他陷入沉思。

从那一刻起,尽管竭力压抑,但是人性中所特有的给予他人爱的需求占了上风,所谓的智慧最终屈从于这种需求,而后者也慢慢地化为他对小鲁伯特的慈爱与担忧。鲁伯特这个名字是孩子病危的母亲在洗礼仪式上取的,按母亲的要求,孩子在自己的房间受洗,以避免开放洗礼仪式带来的健康影响。提摩太本来没有觉得这个名字有什么特别之处,但是,最近一次偶然的机会,他意外得知西南郡公爵之子、基督堂的年轻侯爵,就叫这个名字,而安妮塔在出嫁前就对这位年轻侯爵心存爱慕之情。提摩太又回想起妻子临终前说的一些闪烁其词的话,那时自己还不理解,如今终于明白,原来是妻子在暗示他小鲁伯特的身世。

他经常安静地在孩子身旁一坐就是几个钟头,一声不吭,他本就是一个说话不多的人,但这男孩就完全不同了。两个人在一起的时候,提摩太·帕特里克经常是一句话不说,而孩子则伶牙俐齿,说个不停。就这么混了一上午之后,帕特里克回到自己的房间,在屋里走来走去,轻声大骂自己是天下头号大傻瓜,信誓旦旦地说再也不会靠近那小家伙半步。然而,誓言顶多管用一天,之后,一切照旧。违背誓言的现象于人类很常见,但却很少能有人如此快速、彻底地否定、贬低之前的行为。

随着孩子一天天长大,提摩太对他的感情越来越深,以至于鲁伯特几乎成了他生活中的唯一目标。但是,提摩太·帕特里克的血液里多少也继承着其家族与生俱来的那种野心,所以,当不久前他得知自己的弟弟爱德华追求到了尊贵的哈里特·蒙特克利尔——蒙特克利尔子爵二世之女——的时候,自己也心生妒意。但正如我前面所说的,当提摩太发现鲁伯特亲生父亲的地位远远高于蒙特克利尔家族时,他的嫉妒之心很快就烟消云散。而且,在他弟弟与贵族之家联姻之后,他越是想起此事,就越感到心满意足。死去的妻子逐渐变得又温柔美好起来,作为一个普通百姓之女,她已然彰显了一种高贵的品味;爱上这个孩子带给自己的脆弱感也已然释怀；其实，他内心早就释怀了，当得知这个孩子虽无贵族之名却有英国最高贵之一的血统之实时，就已经坦然接受了自己对那孩子的爱了，谁又能不爱这么一个有着高贵血统的孩子呢？

"她竟然是个极有天资的女人，"他自豪地想，"她居然选中了一个公爵家族的直接继承人——多么巧妙的设想！如果孩子父亲的血统像我家这样低微，那么她和她的后代受到我这么残酷的对待，就太不值得了。她的灵魂如此高贵，完全没有那低若尘埃的卑微！而安妮塔所爱的男人也是个贵族，虽说是我养大的孩子，骨子里却也是贵族。"

有了这一切，那么后面的故事就自然而然地发生了，而且如行云流水般迅速。"目前来看，"他揣测，"我之前的行为已经使孩子失去了地产的继承权，其实，拥有孩子对于我而言本应该是一件让人欢欣鼓舞的事情！这个孩子至少继承了他父亲纯正的血统，如果不是这样的话，在这样琐碎的日常生活中，他早就变成一个彻头彻尾的平头百姓了。"

他是一个观念守旧的人，无论正确与否，还崇尚国王和王室的神圣。因此，越是想这个问题，就越从心眼里赞同自己那可怜的妻子提高帕特里克家族血统的做法。自己的很多亲属都是丑陋不堪、游手好闲的嗜酒之徒；先辈们也不过是一群卑微的公证人、放高利贷者、当铺老板；想到那些卑劣的本性显现于一个有血有肉的孩子身上，会让自己晚年无限忧愁，黑发变灰，灰发变白，直到让自己油尽灯枯；如果自己没有像一个优秀的园丁一般一直照顾着这嫁接而来的小苗，改其血统本性，那么谁能知道之后会发生什么样的事情呢？最终，每每想到这里，这位正直的人都要每天早晚拜服在地，跪谢上帝，能让自己没有像先辈们那样，把卑贱的血统传承下去。

提摩太越想越觉得心满意足，这正是帕特里克家族特殊的性情所致。帕特里克家族向来崇奉、攀附权贵。老提摩太·帕特里克对贵族的感情，就仿佛著名作家艾萨克·沃尔顿对鱼的感情那般；由于贵族日益没落，其子孙后代对贵族的崇奉热情也逐渐低落，但是依旧在痛苦中爱着，尽管有些矛盾，可实际上确实如此，眼下发生的这些就是最好的证明。

话说有一天，提摩太的弟弟爱德华提起提摩太的儿子，有些不屑地说道，虽然这个孩子还不错，但是未来只有几家店铺和事务所，没有什么发展；但是自己的孩子们（虽说目前还没有孩子）以后可大不一样了，因为有尊贵的哈里特这样出身高贵的母亲，未来有无限的发展可能。听了弟弟的话之后，提摩太内心竟涌动起一股胜利的喜悦，因为自己有能力推翻弟弟的说法，只要自己愿意这么干。

从这个角度考虑，现在他对儿子更加感兴趣了，甚至开始研读显赫的西南郡公爵家族的编年史，从最开始查理王复辟时期的荣耀，一直到他的那个年代。这个家族的王室权力、受封、买卖、姻亲关系，生产活动，乃至建筑，他都牢记于心，他尤其关注他们卓越的政治和军事成就，以及他们在文学艺术方面的表现。他仔细研究这个家族人物的肖像画，然后就像一个化学家观察结晶过程那样，仔细观察小鲁伯特的脸，试图从中找到画家范戴克和莱利不朽作品中所展现的那些 一脉传承下来的线条和阴影部分。

男孩一天天长大，到了小孩子最讨人喜爱的年龄，整个斯德堡福德庄园都洋溢着他爽朗的笑声，而此时的提摩太·帕特里克，内心里的悔恨之情却无以复加。世人万千，而他只想把自己的家产传给这个鲁伯特；可是就是这个鲁伯特，在出生之际便被自己剥夺了继承权，如今来看，当时的行为实属头脑一时冲动之下的绝望之举；现如今，自己并不想再娶了，这些领地将由弟弟及弟弟的后代继承，可是对他来说这些人无关紧要，与自己的鲁伯特的血统比起来，他们所吹嘘的那来自母系的血统简直一文不值。

如果当初自己没劝祖父更改遗嘱该有多好！

他心里反复想着那两份遗嘱，它们都还在，第一份，也就是被撤销的那份仍然放在自己那里。多少个夜晚，当仆人们已入睡，保险柜锁头打开时发出的响声在寂静的深夜中如同巨响，看着第一份遗嘱，他多么希望这第一份是那最终的第二份遗嘱啊。

转机最终还是出现了。一天晚上，在和孩子愉快地玩儿了几个小时之后，想到心爱的鲁伯特被剥夺了所有的财产，他再也无法忍受，犯下了不该的罪行——他把第一份遗嘱的日期改到了两周以后，这样它的生效日期就在第二份遗嘱之后了。这样一来，他就可以堂而皇之地把第一份遗嘱作为最终的第二份了。

他弟弟爱德华对这份遗嘱并无异议，在他看来，不但事实无可争辩，而且老提摩太的性格也确实如此。但是，让他和很多人一样都不明白的地方是，另外一份遗嘱中为什么专门提出哥哥及哥哥后代的继承限制权呢？爱德华同哥哥一起，撤销了当前生效的遗嘱，一切仿佛都很顺利，其实，改过的遗嘱与另一份本质上并没有太大差异，只是未来如何发展，没有人知道。

年复一年。虽然提摩太心中殷切期盼，但是，鲁伯特并没有显现出公爵家族世代相传的、将来可能展露的个人政治才能的可能性。而就在这时候，提摩太·帕特里克结识了一位来自布德茅斯的知名医生，这位医生与已故的帕特里克夫人的娘家是故交，也是她家的家庭医生。不过，在安妮塔出嫁并搬到斯德堡福德庄园之后，安塔妮的医生自然换成了帕特里克家的医生，因此这位医生就再也没与她见过面。这位来自布德茅斯的医生学识渊博，见识超群，让提摩太很是折服，点头之交慢慢地发展成亲密的朋友。交谈中，医生提到，安妮塔的母亲和外祖母都患有幻想症——就是会把某些幻想和梦境当成现实。医生委婉地问提摩太，是否注意到他的妻子生前也有类似的状况，因为医生本人觉得在自己给儿时的安妮塔看病时曾发现过这种幻想症的苗头。顿时间，所有的谜团层层解开，提摩太·帕特里克完全惊呆了，他心里已然明了，安妮塔临终前对他的忏悔不过是她脑中的幻想而已。

"你看上去很沮丧？"医生停下话来问他。

"是有点。这有点出乎我的意料。"提摩太叹了一口气，说道。

但他还是不能完全相信这一切，考虑再三，他觉得最好把发生的事情对医生和盘托出，而在此之前，除了病危的祖父，他还没有和其他任何人提起过。让他没料到的是，医生却告诉他这种形式的幻想恰好就是安妮塔先祖们犯病的形式，特别是当她的身体状况面临危机的时候。

帕特里克又通过其他途径进行了调查，大致的结果是，时间和地点上对不上，这彻底证明自己妻子所说的事情根本站不住脚。妻子所爱恋的年轻侯爵——一位正直而乐观的贵族——在安妮塔结婚的前一年就去了国外，并且在安妮塔死后才返回英国，因此，这位年轻姑娘对侯爵的爱恋，不过是南柯一梦，仅此而已。

提摩太回到家里，孩子跑出来迎他。此时，他的内心充满了一股莫名的烦闷和不满。这么说来，自己的姓氏和地产的继承人身上所流淌的也只不过是平民的血液罢了，鲁伯特根本没有贵族血统。但也可以肯定的一点是，鲁伯特的确是他的亲生儿子。在鲁伯特的眉宇之间，他再也找不到可以超过自己弟弟后代的、几个世纪以来所传承下来的荣耀光环，在鲁伯特的脸上，他再也看不到历史的痕迹，在鲁伯特的眼神中，他再也看不到延续了几个世纪的霸气。

自那天以后，他对儿子的态度日益冷淡；他痛苦地发现，帕特里克家族的一些特性在这孩子身上逐渐显现出来。儿子的脸上看到的不是公爵家所特有的那种优雅而棱角分明的鼻梁，而是自己祖父老提摩太的那种大鼻孔和蹋鼻梁。儿子那灰蓝色的眼睛里闪烁着的不是一个有远大前途的政治家的神采，而是长着像他讨厌的一位堂兄弟一样的鼓眼泡。儿子的嘴型，预示着终究难以成为那种字字玑珠有超群辩术、倾倒议会的雄才，其言语谈吐也终难被各大图书馆精装珍藏，因为儿子酷似自己那位因为签署遗嘱而犯错误被终身流放的倒霉叔叔，长了一副厚厚的牛唇。

再想想他自己，自己竟然犯下了与那个恨不能忘掉的倒霉叔父同样的错误，简直就是那个叔父血肉之身的翻版！即使是那个孩子的洗礼名，也变成了一个自欺欺人的讽刺，因为那个孩子永远无法企及这个名字所象征着的祖先传承下来的力量和智慧。当然，还有一点让他感到安慰的，那就是孩子是自己亲生的。但是，有的时候，他仍然会忍不住感到悲哀，"为什么一个儿子不能既是自己的，又是别人的呢！"

不久后，侯爵本人出现在了斯德堡福德庄园所在的那个地区，提摩太·帕特里克见到了他，目睹了他高贵的容颜，心中万分仰慕。第二天,帕特里克在书房里的时候,有人敲门。

"谁呀？"

"是鲁伯特。"

"什么鲁伯特，你这个冒名顶替的家伙！就说是一个普通的帕特里克就得了！"他父亲嘟囔着，"你的嗓音为什么不能像我昨天见的那位侯爵那样呢？"小伙子进来之后他还在继续絮叨。"你怎么就没有他的那副神情，那种霸气，就像是传承了几百年一样的那种呢，嗯？"

"什么？父亲，我和他一点关系也没有，您怎么能指望我变成他那样呢？"

"啊！你就应该那样！"他父亲喊了起来。

讲到这里，说故事的人停了下来。这时候，老外科医师、上校、地方志撰稿人、"火花"，以及其他人都认为，如此微妙而颇有启发意义的心理学研究（目前心理学研究正是大家热衷的），正是他们作为科学俱乐部的成员内心所渴求的那种故事，故事如此奇妙，因而他们请求红脸的麦芽商再讲一个精神幻想症的故事。

但是麦芽商却摇了摇头，因为他怕自己不够文雅，讲出的故事在道德品位上与俱乐部不相匹配；他更愿意把讲故事的机会留给更好的下一位。

上校已经陷入了沉思。他指出，的确，当女人有某种古怪喜好的时候，天生爱幻想、易冲动的本性便会展露出来，引发她不合常理的行为；但当她遇到巨变时，生活的常识又会发挥作用，使她克制冲动，行动理智——但有时候就会造成一些荒唐可笑的结局。将一个女人的行为导向一个特定方向的事件，也许会加强她的此种行为，但是女人有时候会像一个来来回回的轧布机一样，突然转向一个截然相反的方向，并最终回到原点。

副会长笑了起来，为上校鼓掌，然后说，如果他没猜错的话，这段感悟的背后肯定还隐藏了一个故事呢。

上校摆出一副讲故事的架势，言归正传，讲起了故事。

故事七

巴克斯比夫人——安娜

——上校讲述

故事发生在大内战时期，忠实于皇室的臣民会按照历史学家克莱伦登的说法将其称之为"大叛乱"，我不愿这样，就姑且称之为"大内战"吧。那是我们历史上的一段灰暗时期。有一年的初秋时分，议会军发兵七千多人马，带着四门大炮，来到谢顿城堡之下。大家都知道，在那个阶段，这座城堡属于塞汶伯爵的领地，一位国王军在此处的侯爵统帅，在此协助把守。当时，塞汶伯爵和他的长子巴克斯比少爷，刚刚离开城堡到外地去为国王招募军队。当城堡被围时，长子之妻——美貌的巴克斯比少夫人、她的仆人，以及她丈夫家的一些近亲和朋友都在城堡里，城堡设防缜密，固若金汤，因此，他们并不担心会发生危险。

议会军也由一位贵族统领。但在战争时期,贵族也不都是拥护国王的。不过,在夜间和早晨去城堡附近勘察时,他看上去总是神情黯然,郁郁寡欢。原来,造化弄人,他受命要攻打的堡垒恰恰是自己亲姐姐的家。在姐姐出嫁之前,他们姐弟俩的感情非常好,但是姐姐出嫁之后,由于他和姐姐丈夫家分处敌对阵营,因此姐弟之间就不怎么来往了,可是这却丝毫没有减弱他对姐姐的爱,他相信,即使在这种残酷的对立状态下,姐姐和他仍是心意相通的。

他犹豫着,迟迟不肯向城墙开火,这让不了解他家历史的人难以理解。他把军队驻扎在城堡以北的空地上(正因为这次驻扎,这里至今还是以他的名字命名)。一天,他突然想到一个办法,派人给姐姐送信,恳请姐姐珍爱自己的生命,偷偷从城堡南部的小门出去,一直向南去投奔朋友。

信送出去之后不久,他就惊奇地发现,从城堡正门,一位夫人骑着马,带着一个随从,出来了,骑在马上一直走到城堡北面的空地,爬过山坡,来到他的营地。直到距离很近,他才认出来人正是姐姐安娜。他感到非常焦急,姐姐如此冒险,在不确定军队行动之时直接出来,一旦他们随时开始第一次进攻,那么在没有任何遮掩的情况下,如果自己的军队开火,姐姐一定会被打死的。姐姐下马,来到他的面前,他又看到了那张熟悉的面孔,虽然脸色有些苍白,但是眼中却没有眼泪,如果换做是早些年,姐姐早就哭起来了。如果流传的说法没错的话，事实上，由于过于担心姐姐的安危，当时反倒是他泪流满面了。他把姐姐叫到自己的帐篷中，避开周围人惊奇的目光；虽然士兵大都忠诚而纪律严明，但是，他也不能容忍自己童年最亲密的伙伴，在最为悲伤的时候暴露在大众好奇的窥视中。

当帐篷里只剩下他们俩个时，他紧紧拥抱住姐姐，昔日快乐的时光过去太久了，之后他们再也没有见面。那还是在战争爆发之初，他和姐夫观点一致，反对国王的专制，但他做梦都没有想到，之后两人的立场会产生这么大的分歧。据说当时，还是姐姐更冷静一些，最终她稳定住情绪，开始连贯地说话。

她说："威廉，我来找你，但并不是像你设想的那样，为了保全我自己的性命。为什么，哦，为什么你一定要支持叛党，让我们受这份痛苦呢？"

"别那么说，"他语气有些急促，"如果说真理埋在井底，你怎能认为高处的是正义？我是为正义而战，为此我不惜一切代价。安娜，赶紧离开城堡，你是我姐姐，赶紧走吧，我亲爱的姐姐，生命要紧！"

"不！"她说，"你真的打算进攻，并铲平这座城堡吗？"

"当然了，"他说，"否则要这些军队过来做什么？"

"那你就等着在你炮轰的废墟里为姐姐收尸吧！"说了这句话之后，她便不再说什么，直接要离开。

"安娜——留在我这儿吧！"他央求道，"血浓于水啊，现在你和你的丈夫还能有什么共同之处呢？"

但是她却摇了摇头，不再听下去，匆忙出了帐篷，侧身上马，顺原路返回了城堡。哎，有好多次，我骑马带着猎犬去打猎经过那里，都会想到当时的那一幕！

他就这么看着姐姐离开营地，走下山坡，穿过交界地带，经过城堡外的设防区，直到再也看不到她骑的小母马的白色尾巴尖。那时，他对姐姐安危的担忧比之前两个人见面时更加强烈。他不断地责备自己，为什么刚才不把她强留下来，这样对她会更好些，因为之后无论发生什么，她就会在自己的保护之下，而不是在她丈夫的保护之下了。她的丈夫生性冲动，容易凭一时的想法改变计划，一会儿这样，一会儿那样，缺少必要的冷静的判断能力，根本不能在危急时刻保护好一个女人。弟弟反复回味她刚才所说的话，不断叹息，甚至在想，姐姐难道真的不如原则重要？难道自己不能任性一把，随性而为，把自己和她的命运连在一起？

据说因为将领犹豫不决，所以围城军队一直推迟对城堡的进攻，将领把军队驻扎在原地，只是采取一些无关痛痒的攻击，并且与守城的侯爵进行谈判，实际上，城堡单薄的守军力量根本无法与他们抗衡。与此同时，将领的姐姐巴克斯比少夫人，与弟弟一样，正处于同样的情绪波动中，这是弟弟所没有想到的。整个下午，姐姐满脑子都是弟弟那熟悉的声音和眼神，攻城疲敝，家庭不和，等等烦恼，让弟弟憔悴不堪，满面倦容。当夕阳西下，夜晚来临之际，姐姐的立场逐渐倾向于议会军，而让她改变立场的原因也一样，完全是出于对弟弟的担忧。

她的丈夫，巴克斯比爵士将军，本来远在国家的东部执行任务，收到家书，知道城堡的境况后，立刻就连日返回。傍晚时分，他回到城堡，还带回了大量援军。她的弟弟此前已经撤退到了四五英里以外的伊维尔附近的山丘，让士兵和自己暂时休养生息。巴克斯比爵士部署好军队之后就解除了城堡面临的险情。而此时，巴克斯比夫人的立场越来越倾向于议会军一方，弟弟憔悴劳顿的面孔一直萦绕在她的心头，她想象着弟弟成为丈夫的手下败将，谴责她的无情无义。就在这个时候，丈夫满脸期待地回到卧房，满面红光，不停地说着话。她迎接自己的丈夫，但却无法掩盖内心的悲哀。她听到丈夫时不时会冒出一些鄙视弟弟的话，似乎在指责弟弟因为胆小才撤退。这些话让她极其厌恶，她反驳说，他——巴克斯比爵士自己，在开始也是反对保王派的，如果他能像弟弟那样始终如一，那才值得称颂，而不是像现在，拿没有任何意义的忠君思想为借口，转而去支持国王的骗人政策（她是这么说的），而当一个国王与他的臣民已经离心离德的时候，这些所谓的忠君思想不过是一个空头口号。他们两人言语越来越激烈，脾气越来越大，盛怒之下发生了激烈争吵。

经过一天的鞍马劳顿,再加上激烈的争吵,巴克斯比爵士已经非常疲劳了,他很快就上床睡觉了。过了一会儿,他的妻子也躺了下来。但她无法像丈夫那样酣睡,而是坐在窗边,卷起窗帘,向远处的山丘凝望,若有所思。

周围一片寂静,在哨兵来回巡逻的脚步声里,她隐约能听到弟弟在远处山丘上营地里的声音。士兵们傍晚撤退后,还没有在营地安顿下来。秋日的初霜已爬上叶梢,蔓藤纤弱的叶子已禁不起这寒冷而开始枯萎。想到此时威廉正睡在冰冷的地面上,饱受寒苦,再加上丈夫此前对弟弟的种种诟病,她的泪水忍不住涌了出来,明明是丈夫行事多变,反而去质疑威廉的勇气,根本就没有任何道理。

巴克斯比爵士躺在舒服的床上,呼吸平稳而深沉。这让她更加生气。一怒之下,下定决心,她迅速起身点起一支蜡烛,在一片纸上写下这些话:

"血浓于水,亲爱的威廉——我要回来找你。"手里拿着这张纸片,她走出房门口,举步就要下楼梯。转念一想,又返回房间,穿戴上丈夫平日里不用的帽子和斗篷,这样一来,暮色里,乍一看,她更像是个小伙子或者某位夫人的随从。装扮好之后,她顺着旋转楼梯走下去,走到楼梯尽头的那一扇门,门外是一条向西的通道,正是弟弟驻扎军队的方向。她计划偷偷地溜出去,避开哨兵的耳目,然后走到马房,叫醒一个随从,让其先于自己顺着大路一直向西,把信条送给弟弟，通告自己的到来，然后，姐弟俩相依为命。

正当她躲在门口墙外的阴影中，侧耳细听等待哨兵远去的时候，突然，从旁边的阴影中传来一个声音——

"我在这！"

显然是一个女人的腔调。巴克斯比夫人没有答应，而是紧紧靠墙站着。

"我亲爱的巴克斯比爵士，"那个声音继续说道，此时，她听出那女子的口音是谢顿地区一个小镇的，就在城堡附近的地方。"我已经等得不耐烦了，我亲爱的谢顿爵士！我还担心你不会来了呢！"

一股狂热席卷巴克斯比夫人全身。

"这个小娼妇这么爱他！"从说话人的声音语调，她心中暗暗判定。对方说话楚楚可怜，语调甜美温柔。一时间，她从一个仇恨家庭的叛离者变成了一个有知有谋的妻子。

"嘘！"她说道。

"我的爵爷，你告诉我十点钟来，可现今都快半夜了，"对方继续说道，"如果真如你所说，如此爱我，又怎么舍得让我等这么久？如果不是为了你，我早就去追随我那议会军的情人了，我亲爱的爵爷！"

毫无疑问，这个迷人的小女子把巴克斯比夫人误认为了她的丈夫了。这绝对是苟且之事！是狡猾的花招！是彻头彻尾的背叛！这是一次出人意料的幽会！她邪恶的丈夫，之前她从来没有怀疑过丈夫对自己的情意——他怎能如此!

巴克斯比夫人匆忙返回角楼的小门,随手把门关上,锁上,沿着旋转楼梯爬上一层,来到一个观察孔。"我不会来的!我——巴克斯比爵士——鄙视你和你们这淫荡之群!"她对着那个观察孔咕哝道,然后又继续顺着楼梯走上去。此时,她又重新树立了保皇的信念,坚定之心不亚于城堡里的任何男人。

她的丈夫还在睡觉,行军的疲惫,酒足饭饱之后的舒畅让他酣睡淋漓,如果他知道刚才发生的这一切,恐怕就难以入寝了。巴克斯比夫人很快就脱下之前的那身行头,而且没有任何人帮助——的确如此,她的女仆以为她早就上床睡觉了。躺下之前,她悄无声息地锁上门,把钥匙藏在自己枕头底下。不仅如此,她还拿了一根束腹带,爬到丈夫旁边,偷偷地把它绑在丈夫最长的那缕头发上,还打了一个死结,把另外一端绑到床柱子上面,因为,她此时已经感觉困倦了,生怕自己睡沉。如果丈夫醒来,这就是一个委婉的提示,表示自己已经发现了一切。

另外,据传,为了再三确保,这位温柔的夫人在躺下之后一直握住丈夫的手,整整一个晚上都没有松开。但是这只是那些老妇人的坊间传言,并没有可靠证据。至于第二天早晨巴克斯比爵士醒来之后发现自己被如此绑束,他作何想作何言,我们就无从知晓了。只能胡乱推测了,估计他会勃然大怒。关于那次私情，实际上，他也没什么罪过。那天，经过谢顿地区，在一个十字路口停歇的时候，他跟一个年青的女人打情骂俏了几句，见她没有丝毫的恼怒之意，就邀请她在天黑之后来城堡外的小路相会——但是他一到家却早就把这个约定抛到九霄云外去了。

据说，巴克斯比爵士和夫人随后的关系并没有因为这些争吵而彼此怨恨，虽然丈夫晚年的行为偶尔有些古怪。巴克斯比爵士的仕途之路跌宕起伏，最终以长时间流放而告终。对城堡的围攻也没有按照常规估测的方式进展，在那之后的两三年以后，城堡才最终被攻破，而到了那个时候，巴克斯比夫人以及城堡里的其他女性，除了当时的总督夫人外，都已经被转移到远离城堡的安全之处。费尔法克斯将军领导了那次著名的攻城之战，在苦战十五天后，城堡最终在八月的一个夜晚投降，这些都已被载入史书，在此，我也无须多说了。

世家子弟坐在上校的对面，对这个故事大加赞赏，在俱乐部成员们一番言谈欢笑之后，他说这是一个绝对忠实于历史的故事，因为他家族的人当年就参加了那场著名的攻城决战。他接着问上校是否听过另外一个同样真实发生过的故事，这个故事没有那么多的军事色彩，是关于一个叫佩内洛普夫人的故事，她与巴克斯比夫人处于同一个时期，并且居住的地方距离她也不过二十多英里。

上校从未听说过这个故事,除了地方志编辑之外,没有人知道这个故事,因而,在大家的请求下,提出问题的世家子弟开始了下面的故事。

故事八

佩内洛普夫人

——世家子弟讲述

出了卡斯特桥市，沿着一条低洼的小路，就能径直来到伊威乐镇。在路的右手边，有一座常春藤覆盖的庄园宅邸，两侧耸立着带城垛的塔楼，但是这座宅邸最为特别之处还应当是其数目众多的竖框大窗户。如今来看，这座宅邸规模依然可以说是比较壮观，但是与当年的恢弘相比已经没法同日而语了。除了府邸周围的几英亩绿地外，原来主人所辖有的大片领地早已被剥夺了。这个乡间别墅原本属于顿格哈德斯（也被称为顿克哈德斯）家族，这是一个古老的骑士家族，如今已经没有男性继承者了。据地方志记载，这个家族的名称源于拉丁语，意思是"英勇的士兵"或者是"酒鬼"，某些家庭成员由于对后面的这个阐释很反感，还为此发过一场决斗，虽然这事情众所周知，但是今天我可不是要把它作为主题。

在国王詹姆斯一世统治的初期，有一位出身高贵、貌美非凡的小姐，就住在顿格哈德斯府邸的附近。她的血统最为纯正，嗯，现在恐怕已经没有如此纯正的血统了！据说，虽然不是特别的富有，但她也是家境殷实。她不仅拥有美貌，而且还仪态风流迷人，以至于无论走到哪里，周围都会冒出一堆追求者。这不由得让伯爵夫人——她的母亲，也是她唯一的亲人感到十分担忧。在众多的追求者之中，有三位最为特别，无论是母亲以女儿年纪小为由的婉言拒绝，还是小姐自己对他们的取笑嘲弄，都没能使他们气馁放弃，这三位勇士分别是：约翰·格勒爵士、威廉·赫维爵士、以及大名鼎鼎的乔治·顿格哈德斯爵士，最后一位就是我们之前所提到的顿格哈德斯家族的一员。说也奇怪，他们三位都被授予爵士头衔，级别相同。每个人都同样绞尽脑汁、想尽法子跟小姐见面，生怕另外两位偷偷地抢了先。除了平时的拜访相见之外，不管小姐去了哪个亲戚家，他们都要找到一切能想象到的借口，跟随着去，无论小姐是乘车还是步行，都会在途中被他们拦截。如果三人当中有任何一位在小姐面前大献殷勤的时候碰巧被另外一个撞见，那么最终往往会是一场激烈的争吵。争吵的时候，他们激动亢奋。小姐内心坚强，体格健康，个性平和，性情之中更是豪放之气大于女性的风情万种,但是,和他们三位在一起,小姐依旧找不到安全感。

有一次,在小姐的某个亲戚家,他们又争执起来,比往常更加激烈,甚至还扬言要决斗。她觉得必须要让他们知道自己的观点了。她傲慢地面向争执者,宣布:无论是出于什么原因,无论谁先挑起争端,破坏了三人之间的和睦,那么她将永远都不允许这个人再出现在自己的面前,她将永远不再见此人。如此一来,争执引出的这个独特禁令,行之有效地禁锢了挑衅者。

她的训诫让两位爵士垂头丧气,而且,第三位爵士——他从来都不会离她太远——正好也碰上了这一幕,于是她就把自己的禁令也说给了他。看到自己的愠怒专断对他们几位产生如此大的影响,小姐的态度也缓和了些,她调皮一笑,说道——

"耐心点,耐心点,你们这些愚蠢的男人!安静下来,耐心等待,我会轮流嫁给你们的,真的!"

最后的这句俏皮话把三个男人都逗乐了,他们一起开怀大笑,好像是天底下最好的朋友。他们的笑让小姐感到有些难为情,没想到自己的调皮戏谑之言听起来如此奇怪,姑娘的脸不由得红了。这次邂逅就这样结束了,但是却彻底控制了三人激烈争宠的问题。他们三人乐此不疲地在亲戚和熟人面前提起她所说的话,弄得沸沸扬扬,小姐自己却完全不知,否则的话,她会多么的不好意思呢。

随着时间的推移,问题慢慢有了答案。美丽的佩内洛普小姐（这是她的名字）终于做出决定，她选择了三人中最为年长的乔治·顿格哈德斯爵士，也就是之前所说的大宅子的主人。从而，她名正言顺地成为庄园的女主人；赢得美人归，她的丈夫十分开心，他的家族，虽然地位不如她家，但声誉却很好；从各方面来看，这都是一个明智的选择。

但是，未来深不可测，将来会发生什么，没人能知道。婚后没几个月，她选择的丈夫就因为欢宴交际过度而猝死（真像是应验他家族的"酒鬼"称号），大房子只剩下佩内洛普夫人一个主人独守空宅。此时，她好像早已忘记了自己当初在所有的追求者面前所说的调皮话。可她的爱慕者却都没有忘记，如今，既然又变成了自由之身，那么她就可以从剩下的两个人中再选一个作丈夫了。佩内洛普夫人寡居还没有几天，约翰·格勒爵士就不合时宜地登门拜访了，而且他好像正是为求婚而来。

她并没有给他一丝鼓励的态度，因为在剩下的两位追求者中，她最喜欢的是威廉爵士，如果坦诚说来，即使是在之前短暂的婚姻生活中，她还偶尔会想起威廉。可是，威廉一直没有再出现在她面前。她开始惦念威廉，心思都跑到他那里去了，于是她想方设法通过威廉的朋友间接地传递一些暗示——如果他恢复之前对她的殷勤之情，她不会不高兴的。可惜的是，威廉爵士误解了她那柔情款款的暗示，虽然微妙的动机被误解，但是，威廉爵士却是高尚之人，他很长一段时间都没有去打扰她。与此同时，约翰爵士被册封为准男爵，依旧不断苦苦追求，另一方面威廉爵士的后知后觉也让她心生恼怒。内心深处，她已经渴望开始新的生活了。

"别烦心了，"她的朋友调侃她说（所有的人都知道她之前那幽默的论断，只要他们耐心等待，三个人她迟早都会嫁的。）"别烦心了，为什么在顺序上犹豫不决呢？既来之，则取之。"

这样的话更是让她感到痛苦和无比的懊悔，这么轻率的话怎能从自己嘴唇上飘出呢？在约翰爵士锲而不舍的追求下，她的防线彻底崩溃了，接受了约翰的求婚。在一个春光明媚的上午，他们结婚了，也正是这个时候，可怜的威廉爵士才明白她对自己的一片爱意，正从国外的宫廷匆匆忙忙地往家里赶，希望告诉她自己的一片痴情丝毫未变。可是，刚回到英格兰，威廉就得知了这个不幸的情况。

佩内洛普因为觉得威廉忽视自己，一时冲动嫁给了别人。如果说，这让威廉痛苦不堪的话，那么它也让佩内洛普自己更加伤心难过。在嫁给约翰男爵后不久，约翰就开始显现出一种报复倾向——因为他费了那么多心思，等了那么长的时间才得到她！约翰不停地告诉她，在自己面前，她不过是个花瓶，根本就不值得自己当初费那么多心思，更不值得自己为她而饱受另外两人的冷言冷语。无情的话说了一遍又一遍，夫人经常默默流泪，曾经神采飞扬的她，如今却是身心俱疲。

慢慢的,她的朋友都察觉到了她生活的不如意,前夫留给她的豪华宅邸如今已经成了她生活的牢笼。而第二任丈夫,那个刻薄、尖酸之徒,此时却冠冕堂皇地住在里边,尽情享用。美丽夫人的命运如此坎坷。

与朋友相会时,她会偷偷地把内心的悲伤向她们倾诉,可朋友们的回应却有些尖刻,她们总是笑呵呵地调侃:"上帝啊,不要紧,我亲爱的,你还会有第三任丈夫呢!"——这样愚蠢的回答让她愤怒非常,她义正辞严地警告她们不要拿这么严肃的事开玩笑。但是,痛苦的事实却又是如此弄人,可怜的夫人心里不知道有多么渴望成为第三个情人的妻子,而不是嫁给自己所选择的约翰男爵。在大家看来,愚蠢的选择只能怪她自己。威廉爵士在得知她再婚的消息后立刻返回了之前国外的那座城市,从此再也没有任何消息。

弹指之间,在痛苦中,两三年就这么过去了。一方面,佩内洛普备受约翰的鄙夷和苛责;另一方面,她也为自己当初错看了此人而懊悔不已;此外,她更是为自己再也不能见到另外一个男人而黯然神伤。直到有一天,她的丈夫身体欠安,略染小疾。一天,她坐在丈夫的房间里,透过窗户凝视着房前的空地,发现一个人正向宅邸走来,那是多么熟悉的身影啊。佩内洛普悄悄地从病房里面出来,下楼来到大厅,在那里,透过走道,她看到从两座圆塔之间走进来一个人,果然,他正是威廉·赫维爵士。威廉爵士面容消瘦,风尘仆仆。

她走到院子里上去迎他。

"我经过卡斯特桥,"他言辞恭敬,却有一丝迟疑,"前来向夫人请安。我觉得自己理当如此。当然,还要问候您的丈夫,之前大家也十分熟识……但是,唉,佩内洛普,你的气色怎么这么差!为什么这么忧伤?"

"我只是有些悲伤,没什么。"她答道。

他们凝视着彼此,满眼都是那个谁都不希望说出的愿望。就这样站了好久,四目凝望,无语凝噎。

"听说,他对你很不好,"威廉爵士低声说道,"但愿上帝饶恕他;这只能是他的痴心妄想!"

"小点儿声,小点儿声!"她赶忙说道。

"不,我说的都是事实,"威廉说道,"况且,我又没在你家屋檐下,我可以畅所欲言。佩内洛普,你为什么没有等我?或者给我写封更加明确的信?那样我会日夜兼程赶回来见你的!"

"一切都晚了,威廉,别再问了。"她竭力地让威廉安静下来,就像以前那样,"我丈夫现在身体不舒服,估计一两天好了,离开卡斯特桥之前,你一定要来看他。"

说话时,两人四目相对。两个人心里想的都是她当初那无心之言论——三个男人轮流嫁;现在,三人之中,她已嫁了两人,预言的三分之二已经实现。但是,脑海中浮起这样的回忆似乎让她很不高兴,很快她又说道:"过一两天你再来的时候我丈夫应该已经好了,能够接待你了。"

就这样,威廉爵士没有进门就走了。夫人回到约翰爵士的房间里。约翰抬头问她:"夫人,刚才在院子里,你是在和谁说话呢?我听见有人在说话。"

她犹豫了一下,约翰又烦躁地追问了一遍。

"我现在不想告诉你。"她答道。

"但是,我想知道!"他说道。

于是,她回答说:"是威廉·赫维爵士。"

"上帝啊,我就知道是这样!"约翰爵士喊道,苍白的脸上冒出了汗滴。"真是个见不得人的恶棍!人疾耳聪,夫人,我听见你们说话时情意浓浓,他还称呼你的闺名。这就是你的手段,夫人,只要我一时下不了床,你就与人私通!"

"凭我的名誉起誓,"她喊道,"你实在是冤枉人。我发誓我根本就不知道他要来。"

"随你怎么发誓,"约翰爵士答道,"我根本就不相信!"之后,他就嘲弄她,但同时也激怒了自己,使得病情加重。夫人默默地坐着,若有所思。她脸上的神色是结婚以来少有的,好像在重新考虑自己还是自由之身时所说的那些调皮的话,那个时候,自己的情人们都妄想能得到自己的青睐。"我刚一开始就选错了顺序,"夫人低声念叨着,"天啊 —— 我真的错了!"

"什么?"他问道。

"没什么，"她答道，"我说给自己听的。"

说也奇怪，那天以后，在自己的大房子里，她面色更为悲伤。而她那粗暴的丈夫，病情日益恶化。更为奇怪的是，仅仅两个星期之后，约翰就死了。尽管没什么人为约翰难过，但是对于他的死大家感到十分诧异。威廉爵士也没有像承诺的那样去拜访约翰爵士，因为收到佩内洛普的一封私信，在信中她写道：鉴于丈夫脾气过于暴躁，建议威廉就不要来拜访了。

现在约翰爵士已经过世了，遗骨被送回到位于英格兰另外一个地方他的家族墓地。夫人开始关注威廉爵士的去向。此时的她，早已不像年轻时那么草率（如果女人的草率能被治愈的话），心无旁骛，专心等着威廉爵士的再次到来，如果不能如愿，她将终生不嫁，安心守寡。大部分时日她都在庄园内度过，偶尔会到游乐园或保龄场之间的绿地上散步。她很少远行，甚至连绿地北面的大路都鲜有踏足。她的耐心守候终于得到了回报（如果爱是一种回报的话），在第二任丈夫死了几个月之后，一位信使来到她家，送信说威廉爵士又回到卡斯特桥，问能否有幸去拜会她。

不用说，她欣然同意了。两个小时后，她的情人就站在了她的面前。虽然，他还是一如既往的慷慨、谦卑、真诚，但此时却更多了一份体贴，虽然她也在礼节上努力保持女性的矜持，但是却难以掩饰内心的真实渴望。"命运真奇特，"

威廉说道,"也很仁慈。"听到这,她再也抑制不住内心的激动,扑到威廉怀中,哭成了个泪人。

"但是,一切都太快了。"说着,她有些犹豫。

"一点都不快,"他说,"你已经寡居了十一个月了,再说了,约翰爵士生前也不是个好丈夫。"

威廉开始频频拜访,不出所料,一两个月后,他就开始敦促夫人早日与他举办婚礼。但是,夫人说想再往后拖拖。

"为什么?"威廉问道,"我已经等得够久的了!生命短暂,我们在一天天地变老,而且,我是三个人中的最后一个。"

"你说的都不错,"夫人很坦诚地说道,"这也是我不让你这么着急的原因。你也知道,你我都清楚,我年少时口无遮拦的话,被那些搬弄是非之人传得沸沸扬扬,如果我们现在结婚,可能会让他们心生疑虑。"

听了这席话,威廉让步了,一切都是为了夫人的声誉。终于,这上天注定的姻缘修成正果。对于村民和所有参加婚礼的人来说,这真是愉快的一天,教区教堂里面所有的钟从中午一直鸣响到晚上。她最终嫁给三个男人中最为体贴的一个,如果不是威廉天性寡言少语,很可能早就成为她的第一个选择了,不管怎样,他们现在终于结合了。威廉经常想,"她的话如此奇妙地应验了!很多生活的真谛隐含在谈笑之间,但是,可以说这个是最不寻常的了。"可是高贵的夫人自己一点也不愿意再多想这件巧合之事,因为每当想起此事,她美丽的容颜之间就会闪过一丝不知道是羞涩还是惭愧的神情。

但是,其他人可有了谈资,不管是长舌妇,还是平时不怎么八卦的人,对于这第三桩婚姻,他们都保持相同的语调。"当然了,"他们窃窃私语,"这里面可不单单是运气……第一个丈夫可能是自然死亡;可是第二个呢?第二个对她不好,她那时还痴迷地爱着这第三个,她肯定动过什么念头。"

继而,约翰爵士生病期间的各种细节都被拼凑在一起,从而他们认定一个不容置疑的事实,那就是,在威廉意外拜访之后,约翰的病情每况愈下,最终,一个可怕的推测达成了,那就是:约翰爵士的英年早逝,夫人难脱干系。但是这些猜测一直在私下里传播,无论怎样,她都是一位出身高贵的夫人——的确如此,她比任何一任丈夫的出身都要高贵得多——虽然大家私底下猜疑种种,却没人敢公开质疑。

她现在居住的那所宅邸是第一位丈夫多年前留给她的,她在此居住多年,也十分喜欢此处,所以,她说服威廉爵士在此居住。最后看来,这是一个不幸的决定。此时,威廉爵士正沉浸在无比的幸福之中。一天,他在花园附近的柳林中散步,几个编筐人正在割柳条,无意之中,威廉爵士听到他们的谈话。第一次,威廉了解到附近居民的怀疑,这真的是一次灾难性的谈话。

"他的床边有个食柜,钥匙在她的手中。唉!"一个人说道。

"里面还有个蓝色的小药瓶——噫!"另外一个接道。

"炉灰里面还夹杂着大戟①月桂树叶——哦哦哦!"第三个人说道。

回家后的威廉爵士似乎一下子苍老了很多。但是,他什么也没有说;不过这种事没办法说出口。可从此以后,他们之间就有一种可怕的疏远蔓延开来。她不明所以,只有默默等待。直到有一天,威廉说:"我必须去一趟国外。"

"为什么?"她问道,"威廉,是不是我有什么地方触犯你了?"

"没有,"他答道,"但是,我必须走。"

从威廉那里,夫人什么也没有问出来。在年轻的时候,他就常常一个人在外面游历,因此威廉要离开也没有什么奇怪的。几天后,威廉出发了,比起几个月前兴冲冲地赶到夫人身边那个专情的威廉,此时已经完全变成了另外一副摸样。

谣言就像城墙一般,把佩内洛普夫人紧紧包裹在内。至于这些谣言是什么时候,通过何种方式传到她的耳朵里,我们无从知晓,但是,有一点能确定的是,谣言确确实实地传到了佩内洛普耳中。这是迟早的事情。谣言就像那些不祥预兆的夜鸟,在空气中总会窸窣作响。本已惊诧无比的夫人一下子就知道了丈夫执意离家的原因。从此以后,她的身体每

---

① 植物种属的一种大戟属,基本特征为有乳状汁液和被苞片组成的杯状结构所包围的单性小花,可作为泻药。

况愈下，脸庞日益消瘦，太阳穴处青筋凸起，这股心火让她日渐凋谢。戒指从手指间悄然滑落，之前那圆润而富有弹性的臂膀，如今就像打谷机上的链枷一样垂了下来。她不停地给丈夫写信，乞求丈夫回到自己的身边。但是，威廉却深陷怀疑的痛苦之中，同时对她的身体恶化也一无所知，更是没有想到谣言已经传到她的耳朵里，所以一直认为此时自己的离开才是最好的选择。因此，威廉故意推迟回来的日期，找出种种堂而皇之的借口，迟迟不肯回家。

最后，佩内洛普夫人生下了一个死婴。她的母亲——伯爵夫人写信给威廉爵士，说如果他还想见佩内洛普最后一面的话，就请赶紧回家。她日渐羸弱，却查不到病因，也许主要是精神上的问题而非身体问题。很明显，岳母并不知晓那个秘密，毕竟她住的地方较远。但是威廉爵士还是马上赶回了家，来到了奄奄一息的妻子的床边。

"相信我，威廉"，当只剩下他们两个人的时候，妻子对丈夫说，"我是清白的——清白的！"

"什么？"他说道，"如果我对你有任何指责，上苍不容！"

"但是你的确在指责我——无声地指责！"她喘息着，"我无法在信中请求你听我解释，跟你详叙。那样太——太有损颜面了。要是我能不那么骄傲该多好！他们怀疑我毒死了他，威廉！但是——哦，我亲爱的丈夫，我没有做过那样邪恶的事情，我是无辜的！他是自己病死的！我爱你——一切太突然了；但是，事实就是如此！"

　　什么也救不了她了，她的心灵已经惨遭侵蚀，即使威廉爵士回来也回天乏力了。几个星期之后，她停止了呼吸。在她死之后，人们开始公开谈论那件事，她的品行成为大家议论的焦点。又过了一段时间，流言传到约翰爵士生前的医生的耳朵里，这位医生在退休后就一直居住在伦敦附近。这一次，医生专程赶到卡斯特桥，拜访威廉·赫维爵士。

　　医生说，约翰爵士病逝后，由于爵士的一位亲戚想弄清他暴毙的原因，所以委托自己查明真相，同时还配备了一位外科医生协助。约翰死后，他们立即对尸体进行了秘密检查，发现他完全是正常死亡。因为当时还没有人对爵士的死有任何怀疑，所以检查的结果也没有公之于世，相信这些结果会还给夫人一个清白。

　　显然，正是那些没有任何根据的流言蜚语让美丽的夫人如此年轻就香消玉殒；知道了事实真相之后，威廉内心无比悔恨，整日承受着内心痛苦的煎熬，他再次离开国家，此后再也没有回来。夫人去世几年后，爵士也随她而去，最终是客死他乡。随后，尸体被送回家乡，埋葬在妻子的旁边，如今他们的墓碑还矗立在教区的教堂中。直到后来，在她家族的牌位上，人们看到了一张她的画像，当时她正在为第一任丈夫服孝，手中还拿着一个十字架，她的遭遇受到众人的同情，她也的确值得同情。然而，也有人对她颇有微辞——并且这些人在很多方面也并非是不公正之人——他们认为，虽然，她很无辜地被冤枉，但是她如此之快地再婚三次，这的确有失节制，这些没有根据的怀疑可能就是天意所为（上天总是迂回行事），作为对她纵欲的一种惩罚。对于这种说法，我也无话可说。

故事讲完之后，受人尊敬的副会长说，他个人认为，她的命运很明显就是上天的一种惩罚。教会理事也如此认为，旁边坐的那位沉默的绅士也持相同观点，他还知道另外几个类似的例子，其中一个可以简单地讲一讲。

故事九

汉普顿公爵夫人

——沉默的绅士讲述

大概五十年之前,汉普顿家族的第五代公爵是巴顿一带公认的领袖。他出身于古老、忠诚的萨科撒比家族,在被册封为公爵之前,他的家族中就曾经涌现出过很多有骑士风范、信仰虔诚的名流人士。很多铜质的家族雕刻、匾额和祭牌都摆在教区教堂的走廊里,上面篆刻着无数雕像和宗谱纹章,记载着家族辉煌的历史,如果要把这些都一一拓摹下来,即使是当地的史志工作者辛苦劳作,估计也得花上整整一个下午。然而,公爵对石头和金属上的旧史志毫无兴趣,即使是自己的过往事迹,也丝毫不放在心上。但是,对于那些难登大雅之堂、为上流社会所不齿的娱乐行为,他却乐而不疲,经常利用自己的身份地位寻欢作乐。有时,他也会突发一番雷人的渎神咒骂，让那些扈从们无言以对；有时，他也会固执一词，与教区牧师论辩一番，细数斗鸡、斗牛的种种益处。

这位贵族老爷相貌格外引人注意。他的肤色就像山毛榉树一般棕红，虽有点驼背，却体格健壮。他嘴阔面方，手里总是拿着一根没有磨过的小树棍拄着，有时还拿一个砍刀，遇到棘刺植物，随走随砍。他的城堡坐落在一座花园中间，除了南面以外，周边榆树环绕，郁郁葱葱。在月光照射下，城堡石壁熠熠生光，从远处大路望来，衬托在浓密的枝叶之中的城堡，就如同漆黑墨壁上映射出来的白点。名为城堡，但是实际上并没有什么防御工事，在最初修建的时候，更多地是考虑舒适方便，并没有因为是城堡就把它修建成一个缝隙多多的防御之城。这庞大的城堡，地基设计如同棋盘一样规则，左右对称，四周装饰着棱堡和堞口，后面分布着一个个雉堞烟囱。寂静的清晨，到了生火时间，婢女轻手轻脚地在过道中来回穿梭，倩影闪动，晨光从百叶帘中透过，照射到祖先们的画像上，他们或吃惊，或眨眼，或微笑，迎接新一天的到来。十二或者十五道青烟从烟囱中袅袅升起，在高空聚集成团，像是一个平圆的华盖。上万英亩土质优良、肥沃丰饶的土地向城堡四周绵延，从窗户望去，满眼是一望无际的树林和草地，与大片耕田连成一体。这样的精心布局，让心存好奇的旅客难以窥测城堡全貌。

除了公爵，教区里的第二号人物是令人敬重的教区长奥德本先生，虽说是仅次于公爵，但是与公爵的地位还相差很远。奥德本先生是位鳏夫，同时也是一个僵化严厉的牧师，领结洁白无瑕，头发灰白，梳得整整齐齐，面庞坚毅，轮廓分明。他缺乏同情心，但是同情心却是一个牧师要在同行中出类拔萃所必需的品性。此外，当地重要人物中还有一个边缘人物——就像海王星一样——那是副牧师埃文·希尔先生。这个副主祭年轻帅气，长着一头卷发，一双梦幻般的眼睛——那双眼睛如此梦幻，盯着他的眼睛，会让你有脚踏祥云、翱翔云端的感觉，他的皮肤如鲜花般水嫩，下巴光滑干净。尽管已经二十五岁了，但是从外表上看，他却像是不到十九岁。

教区长有个女儿，名叫艾茉琳，她天性单纯，长相甜美，是教区内公认的美人，唯独她自己对此好像浑然不知。由于生活环境相对闭塞，与异性相遇总是让她感到不安和困扰。每逢有陌生人来家里拜访，她就悄悄溜进果园，一直等到客人离开才肯出来。虽然她也经常和别人调侃自己这个缺点，但是却又无法克服。她非常善良，不单单是性格上讨厌邪恶之事，而且天性中就没有邪恶，对她来说，天生就对邪恶免疫，就好像把大块大块的鲜肉摆在食草动物面前一般，毫无意义。她的性格、仪态和品行都惹人爱怜，对此，那位神职人员中的安提诺乌斯①非常清楚,公爵也心知肚明。虽然众所周知公爵言语拙劣粗俗,即使对温柔的女性也是如此,总之,他压根就不是女士们所喜欢的那种人。然而,就是这样一个人,在一次偶然的邂逅之后,内心也难以抑制地燃起了对艾茉琳的激情之火,而且劲头十足。

当时的艾茉琳才刚过十七岁。那是一个下午,在城堡和教区长住宅之间的那片灌木丛里,公爵正站在一个角落看一只鼹鼠拱土打洞。这个时候,美丽的女孩在几英尺远的地方一闪而过,当时艳阳高照,而女孩却什么帽子也没有戴。

公爵回到家中,如同丢了魂儿一般。他伫立在城堡的肖像画廊里,盯着那些已经逝去的美女的肖像,好像他以前从来没有想过这些女性在萨科赛比家族的进化繁衍中起过多么重要的作用。之后,他一个人吃了晚餐,喝了不少酒,并暗下决心,一定要把艾茉琳·奥德本娶回家。

而此时,副牧师和这位姑娘正在秘密地相处,两个人情投意合,十分甜蜜,事情具体进展一直无人知晓,只有一点很清楚,那就是姑娘的父亲坚决反对他们交往,并且用最强硬的手段处理了此事,没有丝毫的回旋余地。某天傍晚,有人听到在教区长家的花园里,教区长和副牧师激烈争论,中

---

① 安提诺乌斯:安提诺乌斯是罗马皇帝哈德良(117—138年在位)的同性恋爱人。传说他是为了哈德良皇帝而把自己的生命作献祭。自此皇帝宣布安提诺乌斯为神祇,祭祀他的仪式传遍各地。

间还夹杂着一个女人的哭泣哀求声，就好像垂死者在战争喧嚣之中哀嚎。之后副牧师就从教区突然消失了，又过了不久，就传出公爵与奥德本小姐即将举行大婚的消息，婚期急迫，出乎意料。

婚礼转眼而至，又转瞬即逝，她自然而然地成为了公爵夫人。在那天，似乎没有人想起那个被驱逐走的年轻人，也许即便有人想起了他，也不会表露出来。而那些缺心少肺的人则故意调侃这对高高在上的夫妇，也有一些高贵善良的人表达了善意的祝福。但是，到了晚间，一向喜欢埃文的那些撞钟人，在钟塔上又说起他，以及他所爱的那个女人可能会有的悔恨，他们才稍有释怀。

"你们难道看不出哪里有些不对劲儿吗？"第三个敲钟人一边擦脸一边说道，"他们今天行程结束之后，她要把马拴在什么地方我都十分清楚。"

"如果这样的话，你肯定知道年青的希尔先生住在什么地方，可是现在整个教区的人都不知道。"

"除了公爵夫人，现如今，她手上的戒指是她家祖先的三倍大。"

然而，这些善良的村民此时却根本无法想象此时艾茉琳内心的切肤之痛，即使那些素日密友也无法知晓，她把痛苦深深地藏了起来。然而，两位新人入住城堡没多久，年轻的妻子就变得郁郁寡欢。身边的侍女和仆人说，她经常在应该清理衣橱的时间面向护壁板啜泣。而且，她也不像家族中的其他贵妇人那样，在闲暇之时既不清数自己的戒指，也不休息娱乐，或者是拿着教会里那些古怪之辈的奇闻趣事取乐，而是独自一人，虔诚地跪在教堂的长椅上祈祷，把自己看得就像家中的老鼠一般无足轻重。饮食起居是使用水晶或银器，还是土陶器皿，她毫不关心。她的心里好像装满了别的事情，公爵把这一切都看在眼里。刚开始，公爵只是嘲笑她傻乎乎的，竟然一直放不下那个软弱无能的牧师，慢慢地他开始激烈地谴责。尽管她明确表示说自己与之前的恋人自从当着父亲的面分手之后再也没有互相联系过，但是他怎么也不肯相信。猜忌很快就让两人频生嫌隙，细节不再赘述，但最终，所有的不快演变成了一场灾难。

婚礼过后大概两个月，在一个漆黑寂静的晚上，一个男人沿着大路从大门进入了花园，通过前往大房子的那条林荫道，他在离墙大概两百英尺的地方，离开碎石车道，沿着一条弯曲的小路走向城堡附近的一片灌木丛。他站在那里，一动不动。几分钟后，城堡里的钟声响了，接着一个女人的身影从另一个方向也进入了这片隐蔽的角落。这两个模糊的身影如同叶面上的两颗露珠一般一下子就贴在一起，然后两个人又一下子分开，面面相对，女人低下头来。

"艾茉琳，你求我来，如今，我也来了，愿上帝饶恕我！"男子声音嘶哑地说道。

"埃文,我知道你要去国外了,"她有些泣不成声,"我听说了,三天后你就从普利茅斯乘坐'西方光荣'号出发了?"

"是,我再也无法在英格兰呆下去了。在这里我生不如死。"他说道。

"我的生活更糟——比死还糟糕。即使是死神也不会把我逼到这个份上。听着,埃文,我找你来是求你带我一起走,或者至少能够靠近你——只要不呆在这里,怎么样都行。"

"跟我一起走?"他吓了一跳。

"是,是——一切都听你的,或者你帮帮我,怎么样都行!不要害怕我——我提出如此恳求,你一定要谅解。如果不是过于残酷,我也不至于被逼如此。如果不是他苦苦相逼,我也会默默忍受命运的安排,但是他折磨我,如果不逃离的话,我可能很快就会死掉的。"

他大为震惊,询问公爵夫人她的丈夫如何折磨她。她说,一切都因为嫉妒。"他想方设法让我承认同你有染,"她说,"我告诉他自从父亲定下我与他的婚事后,我们再也没有见过面,可是无论我怎么解释,他都不相信,被逼无奈,我只能承认有这件事。"

可怜的副牧师说这真是一个沉重的消息。"他有没有在身体方面伤害你?"他继续问道。

"有。"她低声说道。

"他都干了什么?"

她恐惧地向四周张望了一番，一边哭一边说道："为了让我承认那些莫须有的罪名，他采取了各种手段恐吓我，我害怕极了，无法描述，我已经成了惊弓之鸟，他让我承认什么我就承认什么！我决定给你写信，因为我没有任何其他朋友，"她继续说道，凄惨中带有一丝讽刺，"我也想给他的怀疑制造些证据，否则就枉费了他这样一番决断。"

"你真的要这样做，艾茉琳？"他声音颤抖地问道，"你——你真的想跟我一起远走高飞？"

"难道你认为，事情到了这个地步，我还有其他选择吗？"

他沉默了大概一分钟的时间，"你不能跟我一起走。"他说道。

"为什么？"

"这是罪过！"

"这绝不可能是罪过，我这一生都从来没想过要犯什么罪过，而且我每天都祈祷自己能早日死去，升入天堂，脱离苦海，我现在更不可能要犯什么罪过！"

"但是这是肯定的，艾茉琳，不管怎么说这都是不对的。"

"如果大火要烧死你，你为了生存而逃命，这也是不对的吗？"

"但是这件事，无论如何，好像都是错误的。"

"埃文，埃文，带我走吧，求求你了！"她大哭起来，"我知道，一般情况下，这是不对的，但是，现在情况特殊。为什么我要受此痛苦折磨？我没有做过对不起别人的事情，也从未伤害过他人，我一生尽自己所能帮助别人，期待能收获一份幸福，但是，换来的只有痛苦。难道上帝是在愚弄我吗？没有人帮我——我也让步了，现在我活着就是一种负担，一种耻辱……哦，如果你知道，这个请求对我来说是多么重要——我把生命全赌在这次了，你一定不会拒绝我！"

"这真的让人无法接受——上帝啊，赐给我们力量吧！"他痛苦地呻吟着，"艾米，你如今是汉普顿公爵夫人，是汉普顿公爵的妻子，你不能跟我走！"

"你是在拒绝我吗？——我被拒绝了？"她疯狂地哭喊道，"埃文，埃文，你真的是这个意思吗？"

"是的，是这个意思，亲爱的、温柔的艾米！我也十分难过，但是你不能走，请原谅我，我别无选择，只能拒绝你。哪怕是我死了，或者你死了，我们也不能一起远走高飞。上帝不允许我们这么做。再见了，永别了！"

他挣脱出身，急匆匆地离开灌木丛，消失在远处的树林中。

这次会面离开之后，埃文就在一个细雨蒙蒙的早晨乘坐"西方荣耀"号客船离开了普利茅斯。尽管只过了三天，但是他就仿佛经历了世间十年的辛苦磨难一般，温和俊美的面容变得憔悴沮丧。身后的大地渐行渐远，他心灰意冷，机械般地让自己达到一种恬淡寡欲的境界。艾茉琳不顾一切对自己袒露心扉的时候，巨大的道德感迫使他望而却步，辜负了她的热情，强迫自己放弃如此炙热的诱惑。他终日凝视着流水，但是潺潺的水声，就仿佛是印在心中的艾茉琳的声音一般，一直在向他呢喃倾诉。

有时候他会想，如果当初自己违背了内心的道德束缚，那么现在会是怎样一种状况呢？每当他任由自己的思想肆意憧憬时，强烈的悔意就会如泉水般涌出，内心变得焦躁不安。为了平复这种情绪，让自己平和地接受现实，他为自己的旅程制订了几条行为规范。每天，他都要花几个小时的时间，思考随身携带的卷宗中的哲学问题，同时，只允许自己偶尔花几分钟时间想一下艾茉琳，就如同一个嗜饮成疾的人，虽然行为上严格恪守，但内心却极不情愿对自己如此吝啬。这样每日制衡，终于没有再如往昔那般不醉不归。在那个年代，海上旅行总是要发生一些不可避免的事情，如狂风暴雨，之后的风平浪静，有人不慎落水，婴儿诞生，船上葬礼，由于是船上唯一的牧师，所以那个伤感的葬礼也由他主持，并宣读了葬礼祭文。轮船在第二个月的月初如期抵达波斯顿，他又从那里赶往普罗旺斯，探访一个远亲。

在普罗旺斯逗留了一段时日之后，他又回到波斯顿，在那里专门忙于一项庄严的工作，这稍微缓解了内心萦绕着的那份沉重和忧郁。近期所经历的种种让他心神涣散，意志消沉，他觉得自己没法再担任教会牧师的职务，于是申请去一所学校当校长。之前别人的举荐发挥了作用，他很快就成为一名受人尊敬的学者和绅士，得到了学校理事们的认可。再后来，他离开学校，在某个大学当起了修辞演说学的教授。

他就这样生活，全心全意地投身工作之中，兢兢业业完成自己的职责。冬日的夜晚，他吟诵十四行诗和哀歌，在《致一位不幸的女郎》诗中抒发自己内心的情愫；夏日的黄昏，他站在窗边，久久凝望着日益拉长的影子，浮想联翩，仿佛那就是生命的阴影；外出散步时，他的脑袋中想着所在位置的东半部对应地，联想起两千英里外的水域，以及水域后面的那片土地。总之，一切空暇时间中，他都在梦想着见到她，虽然，对他而言，她只存在于记忆中，而且可能会一直如此。

就这样，九年转瞬即逝，岁月蹉跎，相思煎熬，埃文·希尔不再如昔日那般英俊帅气。他对学生和蔼可亲，对与他交往的人和气有加，但对于内心最深处的那个秘密却一直深藏着，从未向人吐露。在与熟人谈起英格兰以及自己当年的生活时，他把巴顿城堡和艾茉琳那一段往事完全抹去，好似这一切在他的人生日历中从未存在过一般。虽然这段时光对他而言意义重大，但是却只占了人生短暂的一刻，转瞬逝去，如果不是因为期间所发生的那些珍藏于心的往事，天各一方，他自己都可能忽略掉这段短暂的人生阅历。

日子就这样过着，某一天，他在浏览一份英国旧报纸的时候发现一则消息，尽管简短，却囊括着浩瀚巨著般让人震惊的信息——如同撩人心眩的韵律比历史上所有诗人选集中的诗篇更让人激情澎湃一样。这是一则讣告，通告汉普顿公爵去世了，身后留下一位寡妇，但是并无子嗣。

埃文的想法突然就被颠覆了。他再次看了看报纸，发现已经送来很久了，但是被扔在一边。如果不是整理废旧杂志意外发现了这份报纸，他可能几年都不会知道这件事。到那时，公爵去世已经过去七个月了。埃文此时再也无法用那些死板的举隅法、对比法和渐进法来约束自己，而这些修辞中所蕴含的那些灵动的因素，之前自己一直压抑不敢言说，如今突然迸发了。他开始沉浸在一种甜蜜的幻想中，多少年来，他第一次看到了一丝希望。这样的情愫不难理解，因为对他来说，即使时至今日，艾茉琳依旧让他魂牵梦绕，不曾改变，爱恋无声，他暗下决心一定要尽早重新回到她的身边。

但是当下他还无法直接抛开手中的工作，至少四个月，他才能彻底放手自己承担的任务。但是，他心急如焚，归心似箭。他每天宽慰自己，"如果她已经爱了我九年，那么她也会再多爱我一年，当下的孤独能让她想起我的时候更加柔情似水，她新近的经历能更好地重燃昔日的美好，多一天的等待会让我的回归带来更多的惊喜。"

虽然迫不得已，时间难熬，但是等待的日子很快也就结束了。他如期返回英格兰，在冬日的某天来到了那个叫巴顿的小村庄。到那时，距离公爵去世已经有大概十二三个月的时间了。

尽管已是黄昏时分,埃文仍不顾天色已晚,迫不及待地来到十年前艾茉琳不幸生活开始的城堡。他穿过花园中的树林,望着笼罩在暮光中那座城堡熟悉的轮廓。没多久,他就发现,有意思的是,村里的人,三两成群,开心地走在他的前后左右,沿着纵横交错的林荫路,向城堡大门方向赶去。确认没有人认出自己,埃文便找到一个行人问个究竟。

"公爵夫人今晚上要给她的佃户开舞会,这是已故公爵,以及他的父亲所沿袭的传统,她也不想打破。"

"确实有这个传统。公爵去世后,她就一直一个人住在这里吗?"

"是的,就她一个人。尽管自己不希望别人陪伴,但是她喜欢村里的人来这里热闹一番,所以经常请他们过来。"

"一如既往的心地善良!"埃文心里想道。

他来到城堡前,发现仆人进出的大门已开,左右靠墙,仿佛再也不想被关上一样,城堡侧翼的过道,房间都灯火通明,摇曳的烛光照耀映衬着作为装饰的片片绿叶,照射在快乐农妇的丝裙上。她们挽着丈夫的胳膊,欢快地从绿叶下走过。这个夜晚,城堡就是一座自由之城,埃文随着人流很快就进到了城堡里,一个人静静地站在大厅的一角,没有引起任何人的注意,静待舞会开始。

"尽管还在居丧期,但是公爵夫人肯定会下来,与邻居贝茨一起领舞。"其中一人说。

"邻居贝茨是谁？"埃文问道。

"是夫人所敬重的一个老爷子——他可能是佃户当中岁数最大的了。去年已经过了七十八大寿。"

"啊！肯定是了！"埃文说道，心里松了口气，"我还记得他。"

跳舞的人排成队，等待着晚会开始。大厅最远处的一扇门打开了，一位身穿黑色丝绸的夫人走了进来，她向众人鞠躬致意，随后微笑着开始了第一支舞。

"这位夫人是谁？"埃文问道，感觉很困惑。"我记得你说汉普顿公爵夫人——"

"这就是公爵夫人。"那个一直给他介绍的人说道。

"可是，还有别的公爵夫人吗？"

"没了，就这一个。"

"但她不是汉普顿公爵夫人——不是以前的那个——"埃文的舌头都打不过弯来了，再也没办法继续说下去。

"你怎么啦？"他的新相识问道，而此时的埃文已经倒退几步，借助墙支撑着自己。

失魂落魄的埃文喃喃地说，自己刚才走路太急了，有些岔气。正在此时，音乐声起，第二支舞随之而起，埃文的新相识饶有兴趣地看着公爵夫人华丽的舞步，一时间忘记了他的存在。对埃文来说，眼前这位夫人是如此的陌生。

217

借此机会，埃文定了定神。饱受煎熬的他再次忍了下来。"她怎么成了公爵夫人？"此时已经完全从失控中恢复过来，他语气坚定而清晰地问道，"另外一位公爵夫人呢？我知道在此之前还有一位。"

"哦，之前的那一位！是的，是曾经有一位。但是很多年以前，她就跟一位年轻的副牧师私奔了。那个年轻人姓希尔，如果我没记错的话。"

"不，她从来没这样做。你这么说是什么意思？"他说道。

"这是真的，她肯定是私奔了。在跟公爵结婚后的几个月，她偷偷地在灌木丛中跟副牧师相会，当时有几个当地人亲眼看到他们约会，也听到了他们说的一些话。他们计划一起走，过一两天就从普利茅斯出发。"

"那不是真的。"

"如果不是的话，那就是那个人所说的最奇特的谎言了。直到死那天她的父亲都认为是这样的，公爵也是如此，这里的每个人也都这样想的。唉，那可真是一件让人难过的事，公爵一直追到了普利茅斯。"

"追到了普利茅斯？"

"他追到了普利茅斯，派人四处打探，发现她去了船务办公室，询问埃文·希尔先生是否已经预定了"西方荣耀"号船票，确认无误后，她也定了那艘船的票，但没有用自己的真名。船开启后，公爵收到了她的信，信上告诉他自己走了。

自此之后,她再也没有回来。公爵独自一个人生活了几年,之后娶了这位夫人,可惜新婚后一年公爵就去世了。"

此时埃文的困惑难以言表,心里阵阵不安,直到第二天,内心脆弱的他才鼓起勇气去拜访这位对他而言的冒牌夫人。听完他的叙述,公爵夫人开始非常震惊,之后逐渐冷静下来,再后来又为埃文的经历和真情所感动。她把自己知道的情况告诉了埃文,从已故公爵遗留文件中的一封信里,证实了埃文所得到的信息的真实性。这封信为艾茉琳所写,邮戳日期正好是"西方荣耀"号起航的那一天,信中寥寥数语,告知公爵自己已经搭乘那艘船移民去了美国。

对于事情后来的进展,埃文绞尽脑汁想破解这个谜团。可得到的结果都差不多,"她跟副牧师一起私奔了"。后来,经过不停调查,他终于发现一条不同的消息,原来的公爵夫人失踪的时候,公爵派人找来一位船工,正是这位船工在船出发前的晚上带她上了"西方荣耀"号。如今,埃文通过别人知道了这位船工的姓名。

在普利茅斯各个胡同和码头,经过几天的寻找,埃文终于找到了那个船工。在这个过程中,埃文的脑海中深深印着那句让他不敢相信的话,"她跟副牧师一起私奔了"。船工对当时的事情仍记忆犹新,他清楚地记得那位夫人穿了什么衣服,多年前他也向那位夫人的丈夫描述过,这些细节与埃文和艾茉琳分开时的情形完全吻合。

埃文感到更加困惑和不安,他计划前往大西洋彼岸继续调查,在动身之前,找到自己出海那年"西方荣耀"的维勒船长的地址,立刻就此事给船长写信。

船长仔细回想,同时查阅当年的文件,发现了一条相关信息,当时的确有一个女人买了普通舱船票在那时登上了船,埃文告知他她使用的是假名。那个女人跟最穷的移民在一起,在船出航后没多久就死了,大概是离开普利茅斯的第五天。船长继续说,从仪表和教养上看,她似乎是一位有身份的夫人。但是她为什么没有坐头等舱,也没有带行李,他们无从猜测,因为尽管口袋里面没什么钱,但是她身上有一种气度,让人感觉如果她缺钱,随时可以拿得出来。"我们海葬了她,"船长说道,"一位乘坐头等舱的年轻牧师,为她主持了葬礼仪式,我清楚地记得。"

顷刻之间,整个事件始末完整地展现在埃文的脑海中。很久之前的那个晴朗的早晨,微风习习,听说当时航船的行驶速度达到每天一百多英里。当时四处在传播,说是船舱另外一侧有一个贫穷的年轻女子正在害热病,并且已经精神错乱了。传染病让乘客们非常恐慌,因为船上的卫生状况实在太差。很快,医生就宣布了女人的死亡。之后,埃文听说因为怕停放时间长了会引发危险,所以女人被匆忙下葬。再次,自己参加葬礼的肃穆情景又浮现在他的脑海中。因为没有牧师,船长来找他请他主持葬礼,他同意了。夕阳西下,落日的余晖洒落在他的脸上，他当众诵读悼文："我们将她的身体托付大海，以获安息，期待大海能宽恕死者，使其获得永生。"

船长同时在信中附记了当天参加葬礼的女管事员以及其他人的地址。埃文依旧心存幻想，逐一对这些人进行拜访，确定死者身份。但结果让埃文彻底绝望了，他们对于逝者服饰、头发以及其他细节的描述，无一不同。

最终，事情整个经过完全清晰了。那次不欢而散之后，埃文不敢违背道德，没有带着艾茉琳走，留下她独自呆在灌木丛中，一个人独自离开了。不曾想到的是，艾茉琳肯定没有听他的话，就像一只赶不走的可怜宠物，在黑暗中悄无声息地跟在他的后面。她什么也没有带，两手空空，因而上船的时候手里没有什么钱。显然，她计划只要积攒足够的勇气就一定到甲板上去找他。

就这样，眼睁睁的，埃文·希尔看着自己十年罗曼蒂克的暗恋就这样结束。舵舱里那位贫穷可怜的少女居然是汉普顿公爵夫人，这件事再没有被提起。希尔也没有任何理由继续留在英格兰，很快就离开了那里，并且再也不想回到这伤心之地。离开之前，他把这件事告诉了一个发小——这个人就是现在给大家讲故事的人的祖父。

几位成员，包括那位绰号"书虫"的会员似乎都被沉默绅士的故事所打动。当大家都坐在炉火边听故事的时候，那位被称为"火花"的会员却一直在房间里踱步，他步态优雅，神思凝重，似乎沉浸在对往昔的回忆之中，这时，他开腔说道，自己更喜欢充满生气一些的故事，比如说久别的情人终成眷属；另外，他也更喜欢充满现代意味的老故事。

如此一说，大家立刻请他讲一个这样的故事，对此，"火花"也表示十分乐意。虽然，俱乐部的副会长、世家子弟、上校，还有其他几个人看了看表，说他们很快就得回各自的旅馆了，但是他们还是决定坐下来听"火花"的故事。

故事十

忠贞的劳拉

——绰号为"火花"的绅士讲述

那是一个寒冷、阴郁的圣诞前夜,头顶阴云密布,偶尔有几丝阳光侥幸泄露下来;地上的积雪已经有几英寸深,漫天飞舞的雪花依然没有停下的意思,天亮之前积雪肯定会继续增加。如此时节,在南威塞克斯荒凉的北部海岸,孤寂地伫立着一家"胜景旅馆",显得那么了无生气。如果有行人此时路过这里,可能会忘记夏日这里的繁华,综合如今流行的审美情趣,在这荒凉之地斥资开旅馆,更让人觉得徒有匹夫之勇的感觉!这样的天气,没有人会离家来这里欣赏景色,但是,尽管看起来遥不可及,但实际上,在气候宜人的八月里,这儿却游客如云。因此,夏日里那醉人的美景,悬崖峭壁,以及当下的旅馆,尽管依然矗立在那里,但如今只留下棱角分明的轮廓，而远处的小镇也淹没在蒙蒙雾气中，失却了夏日的光华。

　　在旅馆里，景色尽收眼底，但老板显然根本没有注意这些，他双手插在兜里，走来走去，百无聊赖，客人不可能来，冬日赋闲，可也找不到其他事情来补贴收入。确实，不会有人认为有客人会光临，咖啡厅的跑堂都跑去后院扫雪了。夏天里，这个举止文雅，谦恭有礼，穿着胸前排满密密麻麻、紧凑如豆荚里的豌豆般镀金纽扣衬衣的年轻人，如今身穿灯心绒裤，脚蹬平头钉鞋，俨然一副乡下小伙打扮，操着一嘴当地话，夏日里从客人那新学来的高雅斯文腔调早被抛到九霄云外去了。旅馆前门紧闭，一个沙袋被放在门槛，用以挡住漫天飞舞、伺机要钻进屋内的雪片。旅店真如那成蝶之蛹一般，困顿成茧。

　　老板走到接待室的大火炉前，天寒地冻，只有这么个大火炉才能让人舒服，无论是咖啡屋，还是其他任何地方，都没有这熊熊燃烧的旺火。他拨了一下炉火，然后回到大厅，那里有一张桌子，上边放着一本旅客登记本——如今扉页紧闭，被搁置在墙角。他随手翻开登记本，自上个月（十一月）十九号开始，登记本上没有增加一个名字，唯一来过的是一个乘三轮马车的人，但最终也没有被请进屋。

　　他盯着登记本，外面暮色渐浓，崖后山路崎岖，依稀可见。突然，在远处白茫茫的暮色中，老板发现了一个黑点，那个黑点越来越近，越来越大。一辆马车——至少看起来是一辆马车——也许也是经过此地去附近那个火车站所在小镇的马车。此时旅店老板站在那里，透过没上栓的窗户，揣度着马车的去向；但出乎意料的是，风雪中踯躅前行的马车，却转过拐角，直奔旅馆大门而来。

马车来到近前，这是一辆装备简单的敞蓬车，与此时的天气相比，显得格格不入。车上坐着两个人，尽管严严实实地包裹着，依然能分辨出是一男一女，男的是车夫，女的依偎在他的旁边，像是在躲避这暴风雪。旅馆老板拉响铃铛，提醒马夫准备迎接，在肆虐的暴风雪中，几乎听不到任何声音；当马车夫走上来的时候，那位先生和女士已经下了车，老板走到大厅里迎接他们。

从外表来看，这是一位外国来的男客人，二十八岁左右，脸上刮得干净整洁，嘴唇上特意蓄了一丛胡须，相貌堂堂，英气逼人。这位小姐面露娇羞，怯生生地站在他的后面，看上去很小，应该不满十八岁，她包裹很严，看不清面貌，也难以分辨出实际年龄。

男青年说要留宿一晚，并且还多少有些多余地解释说，想到这是一个旅馆，他们没料到一路赶来天就黑了。时值淡季，老板对他们的欢迎更加热烈，不但让人在客厅和咖啡屋生起了炉火，还把院子里的跑堂小伙招唤过来。小伙子麻利地洗擦一番，拽出早已放在箱底的那件上衣，用袖子擦擦纽扣，换上彬彬有礼的态度，来到大厅，把那位小姐带到一个房间，脱下被雪打湿的外套，让人拿去烤干。与此同时，同来的男青年掏出两磅金币放在桌上，仿佛急于打点一般，一开始就把一切弄得舒服些。他让人准备一个独立起居室，老板承诺让出楼上最好的客厅——平时都是公用的——今晚专属于他们二位，并且立刻派女仆去点好蜡烛。晚餐准备就绪，按照那位先生的吩咐，也被摆在客厅里，女客人很快也来了，他们似乎急需补充精力，在那里一起休息。

无数次，旅店老板都觉得这两位客人关系有点奇怪，但到底哪里不对劲，他也说不好。不过，从行为举止上就可以看出，那位先生是肯花钱办事的客人，因此，老板不再作无谓的猜测，转而去忙自己的事情去了。

九点左右，他再次回到大厅。今天的事情都处理完了，他又开始在屋里踱步，偶尔透过玻璃窗向外展望，关注天气的变化。先前的预料完全错了，雪居然停了，月亮也升得老高，半边天清爽起来，柔软的云朵不时冉冉掠过银盘。种种迹象表明：很快要结冰了。比起黄昏时分，远处绵延的道路看起来更为清晰。大地洁白如玉，仿佛身着白色的披风，上面没有任何印痕或车辙，新来的客人刚才所留下的痕迹早已淹没在刚才那场飞舞的大雪中。

月光下，与傍晚时分类似的场景再次呈现在旅店老板面前。在海岸边的马路上，一个黑点飞驰而来，很快他就发现，这辆车比刚才的那辆来得更快，而且，这还是一辆两匹马拉的四轮马车。这辆车与之前那辆一样，直奔旅店而来。同样，旅店老板满心欢喜地再次搬开门口的沙袋，出门迎客。

一位老先生首先跳下了车，接着又下来一位年轻绅士，两个人快步跑上来。

"刚刚是否有一位年轻小姐来到这里？她不到十九岁，同行的还有一个比她大不少的男人。"老先生急匆匆地询问。"那个男人脸刮得很干净，看起来像个唱歌剧的，自称为史密斯奥泽先生，见到了么？"

"当然有新客人。"旅店老板说道，那种语气好像来这里的客人都不止二十个——他可不想"胜景旅馆"冬日的萧条境况让别人知道。

"那么，请您回忆一下，其中有我描述的这两个人么？——那个男人听起来是个男中音。"

"旅馆里面总是有年轻的小夫妻入住，现在也有，但是，我可没法通过一位先生的声音来做出判断。"

"当然，当然，当然不能这样，我急糊涂了。小夫妻们有没有乘坐一辆敞口马车，马车的装备也很简单？"

"他们是乘坐马车来的，大多数客人都乘坐马车而来。"

"是是是——。我必须马上见到他们。请原谅我的无礼，快带我们去见他们。"

"但是，先生，您想想，如果我说的那位先生和小姐并不是您要找的,那样的话——?如果我就这样让您贸然进去了,这会儿他们正在吃晚餐,那会多么尴尬,我们也肯定会因此失去这回头客的!"

"当然,当然。他们可能不是我们要找的人。我想,是我太着急了,一切都想得理所当然了。"

"总体判断,我认为他们就在这儿,昆托克舅舅,"同来的年轻人突然说道,这之前他还没说过一句话,接着他转过身,对旅店老板说,"今晚天气恶劣,您这儿应该不会有那么多这种情况的客人,您可能记不清楚他们是怎么来的,那么您还记得那位小姐的穿着么?"他口气冷冷的,同时有点讽刺的意味。

"啊,她穿的是什么样的衣服?你说的对,詹姆斯,她穿什么样的衣服?"

"我通常记不住客人们都穿了什么,"店老板淡淡地回应道,之前来的那位先生出手慷慨,已经先入为主,赢得了老板内心的偏袒。"不过,如果想,我可以带你们去看看他们的衣服,"他漫不经心地说道,"现在正放在厨房火炉旁烘着呢。"

话音未落,老先生大声说了声"好",就急匆匆地顺着一条可能是通往厨房的过道冲了过去。可惜,那过道通往的是一个漆黑的瓷器储存室,在脑袋撞到了里面的器皿之后,他知道弄错了,急忙折返了回来。

"请您原谅,如果您能理解我此时的心情(现在我无法向您解释），您一定会谅解我的。如果打碎了什么，我愿意赔偿。"

"别客气，先生。"老板说着，前面引路，带他们来到厨房，其间没有再说什么。一进厨房，老者就抓起晾衣架上的那件女士披风，喊道，"啊，果然是，詹姆斯，是她的衣服，我就知道他们肯定走的是这条路。"

"是的，是她的衣服，"那个外甥语气平静，因为他远没有那位老先生那么激动。

"请立刻带我们去他们的房间。"老先生说道。

"威廉，前厅里的那位小姐和先生吃完晚饭了没有？"

"已经吃完了，先生，早就吃完了。"衣上满是纽扣的侍者回答道。

"立刻带两位先生上去，我想，两位先生今晚上是住在这里吧？要把马卸下来吗？"

"喂饱马，洗洗马嘴。我们是否住下要看情况而定。"年轻人淡淡的回答道，然后，跟着他舅舅和侍者一起上楼了。

"詹姆斯，"脚刚踏上第一个台阶，老先生转身对年轻人说道，"我觉得我们最好别事先通报，给他们一个出其不意。否则她可能从窗户上跳下去，或者做出一些孤注一掷的事情来！"

"当然，我们不通报就直接进去。"说着他就把前面领路的小伙子叫住了。

"詹姆斯，好在这次有你相助，我实在不知道该怎么感激你了！"老先生激动地抓住了年轻人的手，"如果不是你及时相助，我如此优柔寡断，今晚肯定追不上她。"

"舅舅，我非常乐意为您效力，无论是这件事情，还是其他什么事情。我只希望自己能够陪您进行一次稍加愉快的旅程。先不管这些，我们现在最好马上上去找他们，否则他们可能会听到我们的声音。"说着，他们悄无声息地上了楼。

一开门，眼前是一个很大的房间，太大了反而让人感觉不是特别舒服。屋里摆放着旅馆里面最好的烛台。两个逃匿者正坐在火炉前，对正在发生的一切一无所知，正在翻阅旅店制作的悬崖及其周边地区的风景册。老先生一进门，年轻小姐的脸色霎时就变白了。她确实如之前所说，非常年轻，且容貌迷人。随后老先生的外甥也走了进来，她的脸色更加惨白，似乎一阵眩晕。那个被形容为歌剧演员的男子站了起来，虽然彬彬有礼，但是面色阴沉，他搬来两把椅子，请来客就座。

"终于追上你们了，感谢上帝！"老先生气喘吁吁地说道。

"是啊，太不走运了，我的老爷！"史密斯奥泽先生低声抱怨着，他操着一口地道的伦敦音，因为这位气度不凡的意大利人，事实上出生在伦敦大道附近。"本来，她明天就是我的人了。并且，情况特殊——考虑到流言蜚语对小姐的名誉破坏之快——我认为，明天，最好还是让她成为我的人。"

"休想！"老先生说道，"她是位未成年的小姐，缺乏阅历——像孩子一样天真烂漫、纯洁无瑕——不幸被你那卑鄙可耻的手段所诱惑,直到今天黎明时分——"

"昆托克爵士,如果不是看您已是白发苍苍,我——"

"今天天还不亮的时候,你引诱她从自己父亲的家中出走。尽管她的行为有很多不当之处,但是,理清事情的来龙去脉,你才是这一切的罪魁祸首,她不过是犯了点小错。劳拉,立刻跟我回家。如果不是你表兄及时无私的帮助,我不可能这么快就能来解救你。当我发现你出走之后,诺思布鲁克上校立刻陪我上路追赶,他也是我身边唯一一个男性亲戚了,对他的及时相助,我此生感激不尽。快点,听到了没有?穿上你的衣服,我们这就出发。"

"我不想走!"年轻的小姐噘着嘴喊道。

"我猜你也不想回去,"他父亲冷冷地说,"但是孩子永远不知道什么对他们最为有利。所以,走吧,相信我的判断。"

劳拉没有说话,也没有动,歌剧先生无助地看着炉火,小姐的表兄安静地坐着,好像想着什么,四个人中,从立场来看,唯有他能置身事外,审时度势,冷静判断此次逃匿行为。

"劳拉,我是作为一个未成年女儿的父亲跟你讲话,立刻跟我回去。什么?难道你想让我动用武力手段来驯服你吗?"

"我不想回去!"劳拉又一次喊道。

"不管怎么样,你都必须立刻回去,这是你的责任!"

"我就不愿意!"

"好了,亲爱的劳拉,听我说:乖乖地跟我和詹姆斯表兄回去,像个知错就改的好姑娘,以后我们也不会再提这件事了。到现在为止,没有人知道这件事情,如果我们立刻动身的话,明早天亮之前,我们就能到家。来吧!"

"我没有义务按照你的命令回去,我也不愿意回去!"

这时,那位詹姆斯表兄开始有些不安了,甚至是不耐烦了。他不止一次想张嘴说话,可每次都似乎有什么顾虑,话到嘴边又咽了下去。现在,他实在无法再保持沉默了。

"好了,小姐!"他脱口而出,"在我看来,你跟你父亲的这场闹剧已经进行得够久了。别再胡闹了,立刻跟我们下楼。"

她倔强地扭了一下身子,但是,什么话也没有说。

"看在恶魔的份上,劳拉,我已经忍无可忍!"他愤怒地喊道。"快,穿好衣服,免得我动手。这样磨嘴皮子像是小孩子做游戏。快点,小姐——我说是立刻!"

老先生转向自己的外甥,温和地说,"詹姆斯,让我来跟她说。让你来说不太合适。如果我愿意,我也会十分严厉地跟她讲话。"

然而詹姆斯并没有理会自己的舅舅,继续对这个问题少女说道,"你说你不想回去,是吗!别跟我来这一套!快点,立刻离开这个房间,让我来对付这个傻大个——快点!"说着他往前迈步,似乎要拉她的手把她拖出去。

"别，别，"劳拉的父亲赶忙劝阻，外甥的突然举动让他很诧异，"你不用如此，把她交给我吧。"

"我不会再把她交给你了！"

"詹姆斯，你没有权利对她或者对我这样说话；你还是打住吧。快来，我亲爱的。"

"我有这个权利！"詹姆斯坚持道。

"你这是从何说起？"

"我有做丈夫的权利。"

"谁的丈夫？"

"她的。"

"什么？"

"她是我的妻子。"

"詹姆斯！"

"好吧，长话短说，虽然没经您同意，但是她偷偷地嫁给了我，这已经是三个月前的事情了。我必须还得说，虽然她的热情很快就冷却下来了，但我们算是相处和睦，虽然每次只能偷偷摸摸地见面让人觉得很尴尬。我们只是需要等到一个合适的机会，就会向您坦白这件事情，不料却被这个游手好闲的小白脸横插一脚，蛊惑她，让她背弃我，也使自己蒙羞。"

在此之前，那个歌剧明星一直心不在焉、无精打采地坐在那里；听了这位表兄的话，立刻愤怒地嚷道："我向上帝起誓，在此之前，我决不知道她已为人妻！我只是感觉她在父亲的房子里面很不快乐——非常不快乐。我以为，她是孤独寂寞，渴望有人陪伴，并没有其他什么别的。关于您说的她已经是您的妻子，我也觉得莫名其妙。劳拉，你真的嫁给他了吗？"

劳拉把脸埋在泪痕斑斑的手帕里，点了点头。"我们偷偷地结婚了，而正是这种怪异的处境，"劳拉哽咽着，"让我在家里不快乐——并且——并且，我不像刚开始那么喜欢他了——同时，我希望能从这一团混乱中走出来！见过你几次之后，当你说，'我们一起走吧'，我觉得这就是一条出路，所以，我才同意跟你——走。"

"好！好！好！这些都是真的了？"被气得晕头转向的老贵族喃喃说道，他的眼神从詹姆斯转向劳拉，又从劳拉转向詹姆斯，好像这些都是幻觉。"詹姆斯，你慷慨帮助自己的老舅舅寻找女儿，原来另有奥秘？老天爷啊！真是人心叵测啊！"

"我已经说了，昆托克舅舅，我已经和她结婚了，"詹姆斯很冷静地回答道，"这已经是既成事实，现在说什么都已经无法改变这个事实了。"

"你们在哪儿结的婚？"

"在托恩伯勒的圣玛丽教堂。"

"什么时间？"

"九月二十九号，她去那边游玩的时候。"

"谁主持的婚礼？"

"我不知道。一个牧师——我们不是很熟悉那个地方。因此，不是我在帮您找回女儿，而是您在帮我找回妻子。"

"不！不！"昆托克爵士喊道，"女士，先生，恕我直言，我不会再干涉这件事了！如果你们已是夫妻，看来也是如此，那就尽力调解此事。对你们二人我无话可说，也无事可做了。劳拉，我把你交到你丈夫手中，希望你能给他带来欢乐，虽然目前的情形，我得承认，并不是很乐观。"

话已至此，说话的老先生把椅子用力往桌子那里一推，倾泻而出的怒气使桌上的几座烛台摇摇欲坠，随后，昆托克爵士转身走了出去。

劳拉此时泪眼婆娑，来回看着两个男青年。这两个人怒目相向，剑拔弩张，这让劳拉胆战心惊。父亲走后，随即她也溜出了房间。她听见父亲走出了旅馆大门，但是自己却不知道该躲到哪里去，于是摸进旁边的一间卧室，里边一片漆黑，她忐忑不安，不知道事态会怎么发展。

而此时，大厅里的两个男人，一步步靠近对方，最终，歌剧演员打破沉寂，说道，"你怎能如此羞辱我，说我是傻大个，还说我蛊惑她，你心里很清楚，我根本就不知道你们之间的关系！"

"哈，对，你无辜，我对此毫无怀疑。"劳拉的丈夫讥讽道。

"我在此对天发誓,我之前真的不知道!"

"真是精彩的朗诵——抑扬顿挫,铿锵有力。一个男人如果能赢得像她这样一个年青傻瓜的信任,难道还套不出这件事?简直是荒谬!这样的话也只能去骗骗剧场里那些新来的高手观众!"

"诺思布鲁克上校,你含沙射影,言如其人卑鄙狡诈!"男中音忍无可忍,大喊之后,扑上前去,甩手给了上校一个耳光。

诺思布鲁克稍微退了退,平静地拿出一条手帕,擦拭、查看鼻子是否流血,同时说道,"我早知道会出现这样的情况,因此,有备而来。"说着,他从手提黑包中拿出一个枪匣来。

显然,这出乎男中音的预料,吃了一惊之后他迅速恢复了平静,说道,"很好,如你所愿。"嘴上虽然这样说,但显然,声调之中没有了自信。

"那么,"那位丈夫继续说,"我们不需要排场,也不用多说废话,因而也无需按照规则配备助手。"

男中音微微点了点头。

"你熟悉这一带吗?"詹姆斯表兄继续说道,语气依然冷漠而平静。"如果你不熟悉,我倒是略知一二。在那边的岩底,有一条小溪流经此处,通往海滨,在小溪对面有一块平坦沙地,虽然有些隐僻,但是那里有月光;从这里出发,穿过悬崖上的阶梯,很容易找到那里。我们——我们两个人——

一起去那里，但是只能一个人回来，你明白吗？"

"完全明白。"

"那我们走吧，早点了结这桩心事。出发前定好晚餐——只有两个人的晚餐；虽然我们现在有三个人——"

"三个？"

"是的，你、我，还有她——"

"哦，不错。"

"一会儿就只剩两个人了，所以我说订一份二人餐：一份小姐的，一份先生的。无论谁回到这里，都可以敲响她的门，请她共进晚餐——她现在还在旅馆里边。但是我们不能惊动她，最重要的是不能让旅馆里的人看到我们出去，出去时候两个人，回来却只有一个，不免会让人觉得奇怪。哈！哈！"

"哈！哈！的确如此。"

"可以走了么？"

"哦——可以了！"

"那么跟我来。"

他轻轻地走到门口，下了楼，如前所述，吩咐准备两个人的晚饭，一小时后开餐；之后，表面上作出回房间不出来的假象，和歌唱家点头示意，一起从侧门悄悄地溜了出去。

此时天空已经放晴，昆托克爵士离开时的车辙印依然清晰可见。他们很快就来到悬崖边，上校走在前边带路，男中音默默在后边跟着，不时偷地向前瞥上几眼，看看同伴和路况。没多久，他们来到悬崖处的峡谷，溪水汇集，在此处形成瀑布。此处尽管荒凉，但是景色秀奇，难怪会广受赞誉，依次产生了那么多绘画作品和风景照，果真名不虚传。与夏日里四周醉人的灰岩绿树相比绿色和灰色，如今白雪皑皑，仿佛置身于一个银装素裹瑰丽的梦幻世界。

他们脚下，瀑布飞泻而下，直落百八十英尺，最终消逝在沙滩的尽头。尽管溪流不大，但是与突出的岩石猛烈相撞，激起成百上千道水花，形成阵阵水雾。在边缘处，细流结成冰柱，在中间，溪水畅流不息。

歌剧艺术家停了下来，侧身查看，但关注的却不是这眼前的美景。那位带枪的同行者就在他的正前方，而通往峡谷的阶梯两侧并无护栏。一念之间，他突然伸出胳膊，使出全身的力气猛地一推，劳拉的丈夫就这样翻身摔了下去。月光下，一个旋转的人形转眼就没了踪影，只听见他撞击突出的岩石发出的嘭——嘭——的声音。声音由大到小，从远远高于溪流的飞落声，到逐渐消逝在瀑布声中，直至完全听不见了，只剩下依旧飞溅的溪流，与大海的低喃相和。瀑布流水之上发生的小插曲就这么结束了。

歌唱家一动不动，过了几分钟，转过身来，循着来路迅速往回走，穿过中间的山岩，回到大路，不到一刻钟，他就回到了旅馆。当钟声敲响十下的时候，他悄悄地溜了进去，来到酒吧柜台，对老板说："麻烦快点结账，包括预定晚餐的钱，我们着急走，晚餐也不吃了，很抱歉。"然后还故作轻松地说："小姐的父亲和表兄还以为能成功阻止这场婚事，可后来两个人却大吵一顿，分道扬镳，各奔东西了。"

"干得不错，先生！"旅馆老板回应道，他仍然倾向于这个顾客，那些客人制造麻烦，甚至连喂马的钱都没付。"俗话说，'爱之所至，金石为开！'祝您愉快，先生！"

史密斯奥泽先生来到楼上，一进起居室，就发现了已经从隔壁那间黑暗的房间里面出来的劳拉，她抬起头看着他，一双哭红了的眼睛里满是惊慌。

"怎么啦？——他呢？"她惊恐地问道。

"诺思布鲁克上校已经走了。他说自此与你一刀两断。"

"他们两个都不要我！——他们会忘了我，再也没有人关心我了！"她又开始哭了起来。

"这已经是不幸中的万幸了。解决了这些干涉，我们可以回归正轨了。不过，劳拉，虽然现在都过去了，婚姻会被自然解除，但是你当初真该把私定终身这件事告诉我。你现在是寡妇了——名副其实。"

"那些事情都过去了，你现在再责备我又有什么意义。我现在该怎么办？"

"我们立刻动身去马丁断崖。那匹马已经休息了三个小时，肯定可以再跑六英里，十二点之前我们就能赶到那里，到时候找家营业的小旅馆，明天一早再卖掉马和马车，然后搭乘驿车去邓斯特普尔。一旦上了火车，我们就安全了。"

"我都听你的。"她无精打采地说道。

大约过了十分钟，马备好了，账也结完了，小姐穿上烤干的外套，他们继续赶路。

走了大约一英里，他们看到前面亮着模糊的灯光。"前面怎么了？"男中音说道，现在，他有点过度敏感，无论听到什么，看到什么，他都要转身查看。

"只是个收税驿站，"她答道，"那光亮是门口的灯发出的。"

"是，是，亲爱的，我太愚蠢了！"

快到大门时，他们看到前面有一个人正向那里走，显然，这个人并没有和他们走同一条大路，而是抄近路来的，当他们抵达大门时，那个人已经停在那里和守门人攀谈了起来。

"今晚月光这么好，无论是意外还是天意，他不可能失足坠落，"那个行人说道，"我提到的那两个孩子，看到曾经有两个人沿着大路向瀑布那里去了，但是十分钟过后，只有一个人返回，这个人走得飞快，好像干了什么见不得人的事急于脱身一样。肯定是他把另外一个人推下悬崖，看着吧，用不了多久，那个人就会被通缉的。"

灯光照在那位男中音的脸上，他面露惊恐之色。劳拉看了他几眼，发现了他脸色的变化。看门人如往常一样打开大门，男中音和劳拉驱车通过，很快就被包围在白茫茫一片寂静之中。

在此之前，男中音本来说要在驿站处打听道路的，可他实际上没有。

不管是有意还是无意，反正他们没有问路，没走多远，麻烦就来了。穿过这片偏僻的地方，就有一条车马大道，平坦宽阔，路上马车来来往往，应该已经把积雪轧平了。但是由于没人带路，他们一直没有找到那条路，前行变得越来越难。他们顺着那条小路爬上另一个山头，小路更加蜿蜒曲折，而且好像在向着去往马丁断崖相反的方向前进，问题越来越严重了。自从在驿站听到那一番谈话之后，劳拉就一直沉默着，也不再像之前那样紧紧倚靠着情人。

"怎么不说话呢，劳拉，"他故作轻松地问道，"也不说说我们该怎么走。"

"哦，是，我看看，"她回答，声音带着一丝明显的恐惧。

然后，她说了几句不痛不痒的话，这似乎让他稍微安定下来，觉得她没有什么猜疑。最后，他一拉缰绳，那匹疲惫不堪的马儿停了下来。

"我们迷路了。"他说道。

她急切地说道："我拉住缰绳，你跑到山脊上去，看看前面的路是不是我们要去的方向。也趁此机会让马歇一歇，如果方向不对，那么我们就往回走，去另一条岔路。"

事已如此，也只好这样了，而且她说得很急切，手中还握着缰绳——同时马匹也已经筋疲力尽了,没有防备的必要——因此他下了马车,脚踩积雪往前走去,很快就消失在她的视野中。

男中音刚走远,劳拉就一反常态,立刻行动起来,她迅速把缰绳系在马车车辕上,然后跳下车,用尽全身气力往回跑,一直跑到篱笆边,从一个缺口处钻了进去,一头扎进小路旁的灌木丛中。她站在一片大灌木丛底下,紧靠着枝叶茂密的地方,看起来与灌木丛没什么区别;她一直侧耳倾听,不放过任何一丝微弱的追逐声。不过,除了积雪偶尔从枝头滑落,或者什么野外动物窸窸窣窣地爬过冰雪覆盖的冻脆了的野草之外,再没有其他声响打破寂静。最后,她确信,在这非常时刻,男中音或者是找不到她,或者根本没着急找她,确定之后,她爬出灌木丛,往回走,不到一个小时,她又回到了"胜景旅馆"的大门前。

走近时,劳拉发现,与原本预料的漆黑一片不同,那里影影绰绰的,人都醒着,前院里灯移火动。她发现,这并不是因为男中音和他的小马车回来导致的喧哗,因而脸上终于露出欣慰的表情,但是借着灯光,她看到两个人用担架抬着一个男子走进了门廊,马上,欣慰之情一扫而光,代之而来的是悲伤和沮丧。

"这一切都是我造成的,"她嘴唇颤抖,喃喃自语,"他谋害了他!"说着她冲向门廊,慌乱地抓住最近的人询问,想弄清担架上的人是否已经死了。

"没死,小姐,"那个人一边说一边上下打量她,仿佛见鬼了一般,"他还活着,他们说,但是不醒人事,他不是自己失足就是被人推下瀑布的,不过大家都认为他是被人推下去的。他是一位绅士,刚跟一位老爵爷来到这里,之后又跟之前来到这里的一位陌生客人一起出去了。总之,这就是我听说的事实。"

劳拉走进房子,坦言自己是伤者的妻子,并马上守在伤者床边,开始护理起来。进来两个医生,告诉她,由于伤势严重他现在不能离开,而且康复的希望也很渺茫,他今天大难不死已是奇迹,他的敌人显然认为他必死无疑。想到凶手,她不由得一阵战栗。

劳拉守护了一夜,对这些,她的丈夫根本一无所知。第二天,稍有意识,他就认出了她。到晚上能开口说话了,他告诉医生,大家猜的没错,他是被史密斯奥泽先生推下瀑布的,但是对一直照顾自己的她却什么也没有说,甚至对她的问话也不予回答,对于她的关心照顾只是礼节性地点头感谢。

又过了一两天,医生说,尽管伤势很重,但恢复的希望却大增。另外对史密斯奥泽也展开全面追捕,可是没有任何消息,尽管悔悟的劳拉已经说出了自己知道的一切。根据判断,看好路以后,男中音返回马车,发现年轻的小姐不见了,于是四处找寻,直至疲乏不堪,才驱车赶向马丁断崖,第二天一早就变卖了马和车，然后就消失了，可能乘坐了当天的驿车去了最近的车站，一切都遵循原来的计划，只是走的人变成了一个。

康复的过程漫长单调，一天又一天，一星期又一星期，劳拉就这样守护在丈夫的床边，热情殷切。除了弥天大错，任何过失都应该因为她的这份心而得到宽宥，可显然，她的丈夫并没有原谅她。她所做的任何事情，平整枕头，帮他翻身，更换绷带，给他喂药，所有一切，都只是从他那里换取了几句疏远的感谢话，世界上其他任何一个女子为他这样效劳，大概他都不能说出这么少的话了。

"亲爱的，亲爱的詹姆斯，"一天她俯在床上情不自禁地说，"让你受苦了！看到你一天天好起来，我真是高兴。我日夜为你祈祷——为自己的所作所为忏悔；但是对害你这件罪大恶极的事，我真的是一无所知，并且——我不想你觉得我那么坏，詹姆斯！"

"哦，不，相反，我觉得你非常好——作为一个看护。"他回答道，体虚气弱，让人觉得语调中讽刺的意味更浓。

劳拉默默地流了几次眼泪，之后，那天再也没有说什么。

不知什么缘故，看起来已经被史密斯奥泽先生逃脱了。听说，他并没有搭乘大家所猜测的驿车，但是肯定已经离开了本郡，找到他的机会十分渺茫。

诺思布鲁克上校不仅幸存了下来，而且恢复良好，几个星期后,种种迹象表明,这场灾难几乎没有给他身体带来什么后遗症。同时,随着一天一天过去,劳拉越发认识到自己的行为是如此愚蠢,实在是罪不可赦,虽然内心里她渴望丈夫能够原谅自己,但实际上,她根本不知道他们之间将何去何从。除此以外,更复杂的是,因为私奔,作为妻子她得不到丈夫的原谅;因为私奔,作为夫妻,她和丈夫也没有得到父亲的原谅。自从一怒离开旅馆之后,父亲再也没有联系过他们其中的任何一个人。目前,她迫切希望能够找到赢得丈夫原谅的办法,而病榻之上的他,很可能会想起勃拉班修[①]所言"欺父者不可信"。

日子一天天过去,诺思布鲁克上校终于可以四处走动了。他和妻子搬到了南部海岸一处僻静的住所,在这里,他的身体迅速恢复。一天,像往常一样搀扶着他走到悬崖边上,她直接问道,"詹姆斯,如果我就这样一直无微不至地照顾你,一心一意地爱你,你会——试着喜欢我一点吗?"

"这件事我需要慎重考虑,"他说道,一如既往地语气冷淡,神情阴郁,"想好了我会告诉你。"

那天晚上他没有给她答复。尽管她故意在他的房间里多磨蹭了一会儿,把床铺得舒舒服服的,把灯摆在照不到他眼睛的地方,看着他睡熟,之后才悄无声息地回到自己的卧室。

[①] 勃拉班修是莎士比亚《奥赛罗》里的人物,他是威尼斯公国的元老,苔丝狄蒙娜之父。他发现女儿同奥赛罗私下成婚之后说了这句话。

第二天早餐的时候，两个人再次见面，如往常一样，她问他昨晚睡得如何，回答后他就陷入了沉默。这时，劳拉怯生生地问道，"你考虑好了吗？"

"没有，我还没有想好，没办法回答你。"

劳拉叹了一口气，一切都白费了。那一天过得特别漫长，心头的沉重挥之不去。他却日复一日地恢复着。

之后的那个早晨，她再次提到了同样的问题，充满绝望地看着他，仿佛自己的一生都悬挂在他的答案上。

"是的，我已经考虑好了。"他说道。

"啊！"

"我们必须分开。"

"哦，詹姆斯！"

"我无法原谅你，没有哪个男人能做到这一点。不管你父亲如何处置，你都有足够财产过上衣食无忧的生活。我会变卖一切，从这个半球消失。"

"你心意已决？"她痛苦地问道，"我现在没有任何人来照——照——照顾——"

"我心意已决，"他立即回答道，"我们最好就在此分别。你还回到你父亲那里，我就不用和你一起回去了，我去了也有害无益，你一个人去见他，他应该会原谅你的。三天后我们就分开吧，我估计，那个时候就可以准备得差不多了。"

她痛苦不已，回到房中。三天转眼就过去了，她的丈夫一直忙于写信,处理各种事情,几乎都没有跟她说什么话。离别的早晨最终来临了,这对破镜难圆的夫妻即将各奔东西,可能此生再也不会相见。恰在此时,邮差送来了上午的信。

有一封是上校的信,没有她的信——她从来都没有收到过信。不过这一次,在他的信中夹着一封给她的信。她读完信后,无助地抬起头看着他。

"我亲爱的父亲——去世了!"她说道。随后又低声说:"我得马上返回庄园去安葬他……你愿意跟我一起回去吗,詹姆斯?"

他沉默不语,望着窗外。"让一个女人单独去操办这一切估计很难,也太过伤感,"他冷冷地说,"好吧,好吧——我可怜的舅舅!——好,我跟你一起回去,帮你料理丧事。"

就这样,两个人并没有如预计的那般各奔东西,而是结伴出发了。路途的种种不再赘述,到了她父亲家中之后的一周也乏善可陈。昆托克爵士的府邸矗立在庄园中心,古老而典雅,在这样一个大宅子里,夫妻二人要刻意回避彼此并不困难,而想要和解也有很多机会,至少他们中有人想这么做。诺思布鲁克上校没有出席遗嘱宣读仪式,仪式之后她来找他,却发现他正在收拾行装,打算第二天一早离开,因为对他来说,已经帮她度过了父亲去世所引发的混乱。

"他把一切都留给我了!"她对丈夫说,"詹姆斯,你现在能原谅我,并留下吗?"

"我不能留下。"

"为什么？"

"我不能留下。"他重复道。

"但是为什么啊？"

"我不喜欢你。"

他说到做到。第二天早晨，她下楼的时候，仆人告诉她他已经走了。

劳拉强忍着失去父亲和丈夫的双重痛苦。她之前所居住的那所大宅子，连同里面所有的历史遗物，被传给了承袭父亲爵位的人；不过她也得到同样豪华的宅邸。周围是高低起伏的园囿，随处都是古树，大概有她年龄十多倍大，再远处是树林，树林之外是农场。周边景物美丽宁静，但是她却形单影只。过去的事再难挽回，她一直落落寡欢，如果让她舍弃大部分财富来换取丈夫的陪伴和喜爱，她也会毫不犹豫。虽然丈夫的严厉和冷淡让他们之前疏远了，但现在却变成了让她朝思暮想的人格魅力。

她日夜期盼，但是并没有什么效果。诺思布鲁克上校并没有回心转意，回到这里，他不会轻易改变自己的决定。最后，她也只好接受现实，收起期盼，静静地过着机械般往复的生活。这在一定程度上减轻了她的悲伤，同时也摧毁着她身上吸引人的活泼和灵动，正是这些人见人爱的活泼和灵动导致了她的不幸。

随着岁月流逝，虽然不能说她花容凋损，这有些言过其辞，但是时间绝不是一个仁慈之主，特别是对于她这样一个历经岁月蹉跎、饱受心灵折磨的女人。春去冬来，弹指一挥，十一年匆匆而过，劳拉·诺思布鲁克仍然孤独地守望着庄园和地产，丈夫依然是杳无音讯。种种猜测都指于一点，那就是，他很可能已经客死他乡。随着漫长的岁月的流逝，这种猜测几乎被认作事实，于是，开始有很多人向她求婚。她从来都没有动过再婚的念头，不知道她是不是还在盼望着他回来，不过，与丈夫离开后的前六个月相比，她的生活没有发生丝毫的变化。

在她一个人生活的第十二年，即将三十岁的时候，又到了那个给她带来痛苦的悲惨经历发生的季节。相比于往年的严寒，这一年的圣诞节雨水不断，劳拉庄园外围的树木每天都向下滴着水，洒在外面的驿道之上。在这个星期的某个下午，三四点钟左右，一辆出租轻便马车沿着大道驶来，在山顶处停了下来，从车上走下一位中年绅士。

"停在这里吧，"他对赶车人说，"看上去雨很快就要停了，我自己散散步，到晚饭的时候，我自己走回旅店。"

赶车人用手摸着帽檐向他行礼致意，然后调转马头，按照吩咐把车赶了回去。看他走远了，这位先生迈步前行，可没走几步，大雨又哗啦哗啦地浇落下来。行路人好像没有任何感觉，依然慢悠悠地走着，直到来到劳拉庄园的门口。他顺着大门走了进去。天上乌云密布，白天过得很快，等他站在府邸门口时，天已经黑了。下车的时候他的衣服还干净整洁，可现在却完全湿透了。夜色下，他显得有些狼狈，像是一个落魄的赶路人。在正门口站了站之后，他就转到仆人们居住的地方，好似有所打算，他按响了门铃，一个仆人走了出来，他询问是否能让他在厨房的炉火前烘烤一下。

仆人走了进去，向里面汇报了几句，之后随同一位厨娘一起出来了。对着这位泥水满身的人，厨娘说，自己一般不会让陌生人随便进来，但是现在天黑了，还下着雨，就让他进来烤一下火吧。于是中年绅士走了进来，找到火炉，靠边坐下。

"这座宅院的主人肯定是一位非常富有的先生吧？"他一边看着铁钎上的烤肉，一边问道。

"不是先生，是一位夫人。"厨娘答道。

"我猜是一位寡妇？"

"算是吧，可怜的人，她丈夫出国了，已经很多年没有信儿了。"

"那她一定经常找人陪伴，来弥补丈夫的缺失？"

"没有，真的——连一个伴儿也没有。在这里干活就跟在女修道院差不多。"

总而言之，虽然刚开始大家对这位过路者都很冷淡，但是他言辞恳切，仪态端庄，很快就赢得了几位厨娘的喜爱。

她们对他无所不谈，甚至说了一些私密的话题，当然，也谈起了劳拉的过往生活，从她丈夫离开一直到现在的种种事情，她们所说最突出的一点就是：她对他朝思暮想，忠贞不渝。

过路者得偿所愿，他了解了她的一切——包括现在的情况，以及之前一直孤身一人——之后，他说衣服已经烤干了，在感谢了仆人们的热心肠之后，礼貌地告辞了。但是他并没有顺着来时的路返回，而是在夜色之中转回到正门。他按响门铃，一个男仆人出来开门，在府邸另一头聊天的时候他没有见过这个人。

男仆询问他的名字，他客气地回答道，"请您转告可敬的诺思布鲁克夫人，多年之前，在一次可怕事故之后，承蒙她悉心照顾的那个人特地前来感谢她。"

男仆走了，一直过了好久也没人来招待他，又过了一会儿，他被带到客厅，后面的门也被随手关上了。

劳拉坐在沙发上，浑身颤抖，面色苍白。她微微张开嘴，向他伸出双手，但是却没有说出一句话。什么也不用说了，两个人立刻紧紧地拥抱在一起。

第二天，以及随后的日子，这个爆炸消息很快传遍了府邸和周边小镇。世界消化消息的本事展现出来，忠贞的诺思布鲁克夫人久别离家的丈夫已经归来的消息很快就淡出了人们谈论的话题。

圣诞节没几天就要到了，一改往日的冷清，劳拉·诺思布鲁克家灯火通明，从地下室到顶楼，一片欢乐的气氛。虽然不是宾客满堂，但是也来了不少人，在十二年之后，这里终于热闹了起来。这种欢乐的气氛一直持续着，年底过去，新年来到，时序更新，转眼又这样过了一年，不同的是，一个小男孩儿已悄然降临到人丁稀少的诺思布鲁克家族。

故事讲完了，大家对"火花"表示感谢，但是却没有人对他故事的品味进行称赞，这有些出乎意料。虽然之前已经说好，这是最后一个故事，但是有几位听众因为天气原因无法离开，要靠着烟斗和酒杯熬到天亮，因而还在冥思苦想，希望从脑海中搜罗出更多的名门轶事。但是大多数人都念叨着各自的原因，希望尽快回到住处。

离博物馆最近的居住区还有几盏路灯摇曳着微弱的灯光，除此之外，周围一片漆黑，虽然这个时候不太可能会有人穿过泥泞的街道去光顾那些店铺，但是还是有几家店铺没完全关门，窗前的烛光还在闪动。

一个，两个，三个，野外运动俱乐部的这些可怜的成员一个接一个地站起来，大家握手道别，彼此相约，然后回各自的住处了，不管是空闲的人还是要工作的人，都希望明天能是个好天气。他们可能要等到明年夏天相聚的时候，才能再次像今天这样自如地交往。拿红脸的麦芽商来说，他知道，在下一个集市日，如果他遇见会长、乡村牧师，或"书虫"，他们都会按照基本的礼节向他点头致意，因为会长和上校是体面人，"书虫"是有学问的人，乡村牧师是有道义的人，虽然他还是一个坚定的禁酒主义者，坚决反对大麦约翰①。情感丰富的会员知道,如果他在路上闲逛之时遇上了"书虫"，他肯定是随身带着一本书，或者正捧着一本书在读，按照自己今日所为，"书虫"肯定不愿意与自己为伴；会长、贵族子弟以及农夫都清楚，自己将会忙碌于政治事务、各种户外活动，以及农活，因而自己很长一段时间都不会有时间来回想几十年前就归于尘土的这些夫人们，不管她们曾经是多么的美丽，多么的高贵！

最后一个人终于也离开了，博物馆的服务生把烛火调暗，馆长把房门锁好，很快，只剩下一块炭火还在燃烧，火焰旋转摇曳，鱼龙的骨架似乎在烛光中跳跃，制作成标本的鸟似乎在眨眼睛，消失在黑暗中的韦帕芗②军队的头颅似乎也面露出一丝微笑。

---

① 大麦约翰：一种戏谑的称呼，是制酒的麦芽或啤酒等含酒精饮料的拟人化名称。
② 提图斯·弗拉维乌斯·维斯帕西亚努斯（Titus Flavius Vespasianus），英语化作"韦帕芗（Vispasian）"，9-79年，罗马帝国弗拉维王朝的第一位皇帝。

图书在版编目（CIP）数据

哈代短篇小说集：名门淑女 /（英）托马斯·哈代著；
姜贵梅，崔永禄译. —北京：中国书籍出版社，2016.8
ISBN 978-7-5068-5684-3

Ⅰ.①哈… Ⅱ.①托… ②姜… ③崔… Ⅲ.①短篇小说-小说集
—英国—近代 Ⅳ.①I561.44

中国版本图书馆CIP数据核字（2016）第170224号

哈代短篇小说集：名门淑女

（英）托马斯·哈代 著；姜贵梅，崔永禄 译

策划编辑	安玉霞
责任编辑	李　新
责任印制	孙马飞　马　芝
版式设计	中尚图
出版发行	中国书籍出版社
地　　址	北京市丰台区三路居路97号（邮编：100073）
电　　话	（010）52257143（总编室）（010）52257140（发行部）
电子邮箱	chinabp@vip.sina.com
经　　销	全国新华书店
印　　刷	北京媛明印刷有限公司
开　　本	880毫米×1230毫米　1/32
字　　数	150千字
印　　张	8.25
版　　次	2016年10月第1版　2016年10月第1次印刷
书　　号	ISBN 978-7-5068-5684-3
定　　价	28.00元

版权所有　翻印必究